# 白夢（はくむ）の子

中巻

言田みさこ

東京図書出版

女子校特有の問題で悩んだことのある女性のために。
大切なものを失った苦悩の中にいる人のために。
寂しさから生まれ、長年の苦しみが育てた物語だから。

（登場する人物、国等はすべて架空のものです）

# 白夢の子 中巻 ❖ 目次

第一部　上巻
第二部　5
第三部　下巻
第四部　下巻

# 第二部

# 一

孤児院からの通知を受け取ったとき、ウェルジ校長は顔を歪めてひとりごちた。

「ようございましょう。奴隷あがり非人あがりと言わず、ヘビあがりでも悪魔あがりでも、何でもおよこしになればよろしい」

それから情けなくなって涙をこぼした。

彼女は裕福な家庭に生まれ、ハイスクールを出るとまもなく不幸な結婚をした。離婚を考える毎日を過ごしていたある日、図らずも夫が急病で死んだので、彼女は学業に戻った。その几帳面で厳格な姿勢は人から褒められた。その後教師となり、こつこつと実績を積み上げて、五年ほど前に、前の校長が退職したので後釜に座った。姉の子を一人もらって育て、現在週末にはその息子夫婦の家族の所へ帰っていく。

彼女は子供が好きである。それが女性の徳の一つに数えられていたから。一般に徳と考えられているものを身につけることに、彼女は若い頃から熱心だった。礼節、常識、純潔など、夫人が身につけると評判がいいものに心を砕く。いまでは徳の高い、人々の尊敬を集めるに値する人物になったと自負している。事実、彼女の評判はそのとおりに聞こえてきた。夫が死んで以来、彼女の人生はいつも小気味よくせいせいしている。ただ最近年を取ってきた——五十も後半になり、肩の間に首が埋まるほど太ってきた——せいか、前ほど子供が好きでなくなった、しち面倒臭くなってきたと、むろん表に出しはしないが、思うのだ。が、急いで首を振って、その考えを振り払う。引退するまでは何も考えまい。舞台から降りるまでは役を演じ続けねばならない。転ぶことのないように、何事も慎重に……。

なのに、ここへ来て非人あがりの子供を預かることになろうとは！　いくらリム族の娘がおとなしいとは言え、しょせん野蛮な匪賊の子供、素性が知れたものではない。お上品に座っている金髪娘の隣で、鼻を垂らした薄汚い非人の子が、あほう面でＡＢＣを覚える図はぞっとする。夜はとても他の生徒達と一緒になど寝かせられない。

孤児院に一人、二人常駐する先生で十分なのに、野蛮人の子にそれ以上の教育を与える必要があると、誰が考えたのだろう。いったい何のために？　たかだかメードか子守りか、せいぜい女工になって爪を真っ黒にして働こうというのに、なぜ代数やフランス語が必要だというのだろう。王子様がお迎えにくるわけじゃあるまいし。養女にしようという物好きだっていやしまい。それとも、孤児院に置いておいては、おなかが大きくなるとでもいうのか。

逃げていたところを保護されて、バオシティ郊外の小学校を『卒業』したという、十四になるリム族の娘が、孤児院の事務員に連れられてこのロンショー女子中学へやってきたのは、五月に入って早々の晴れ渡った日の午後だった。表づらは愛想よく受け取り、さて校長室に立たせて、じっくりと観察にかかった。

少女は十歳かそこいらにしか見えないぐらい体が小さく、孤児院支給のごわごわした『新品』の、肩がやっと隠れる程度に袖の付いた（ほとんど袖なしと言っていい）、何とも言えない色の上着を着ていた。茶とも灰色ともつかない悪い染料でどこの素人が染めたのか、泥んこで遊んだにしても変わらないような染めむらが随所にあるのだ。子供があと五キロ太り、五センチ伸びてもいいように、寸法だけはたっぷりしているのだが、襟元といい、袖口といい、どこかきつそうである。生地は丈夫な麻で、たくさん付いている前ボタンは、その中身をいたずらからしっかり守ってくれそうだ。上着の裾の折り返しには布紐が通っており、それをぴっちり縛った下から、洗いざらして白ちゃけたショートパンツがのぞいている。こちらのほうは寸法にゆとりがなく、少年のような細い腰をぴったり締め付けており、そろそろ一回り大きいものに替えてもらう時期が来ていると見える。そこから真っすぐに淡い小麦色の素足が伸びており、焦げ茶の柔らかい布靴を履いているが、脱げないように紐で二回りほど足首を縛っている。髪は暗褐色で、短く無造作に切ってあり、窓から入る微風にも先がなびく柔らかさだ。

それから——匪賊の子供の顔立ちがいいことなど、校長は認めたくなかったが、独特な深みと静けさを感じさせる、澄み切った茶褐色の瞳は、気に入った。最後に、なめらかな手足に付いている醜い傷やみみずばれに目を向け、ようやく二週間らい騒ぎ立ててきた危惧を証明する野蛮性の印を認めて、校長は気がおさまり、よっこらしょ、と椅子に腰を下ろしたのだった。それまで自分でも気づかずに、今から子羊を食おうとするオオカミよろしく、子供のまわりをぐるぐると回っていたのである。

　幅広い机の上には、事務員から渡された国のお墨付きの寄宿中等教育依頼書があった。眼鏡をかけて上から読み上げていく。

「三百六十二番。あなたのことですね？」

　質問というわけではなかったが、子供に目を移して、そうだという印、まばたきの一つでも見ようとした。それが不埒にも無視された。

「尋ねられたときには、きちんと答えるのですよ。三百六十二番はあなたのことですか？」

　はい、という返事を期待して、十数えられる間待ったが、子供は宙に目を浮かせて、うんともすんとも言わなかった。

「自分の番号を覚えていないのですか？」

　子供は縦にも横にも首を振ることすらしなかった。校長は手にしていた書類を置き、これはどういうことか、と厳しい目つきになった。

「孤児院でどんなしつけをされてきたのです？　ぶたれなければ返事もしないということですか？」

　子供は宙の一点を見つめたまま、目を潤ませた。何度も同じ状況でぶたれ、許しを求める術も知らない、ただ一心に放免されることを祈っている、そんな気持ちが伝わってきた。校長はうさん臭そうに書類に目を戻して読み進んだ。

「あなたはなぜ名前を二つ持っているのです？　どちらが本当ですか？　リミとマリアと」

動かない茶褐色の瞳を、校長は眼鏡の上のすき間から睨み、長く待たずに次の欄へ移った。推定出生年、推定出生地、推定出身民族、捕獲年月日――違った、保護年月日――おや？　なぜ非人解放年より二年以上もあとなのだろう？　そんなに逃げ回っていた？　森の中でどんな生活をしていたというのだろう。

書類の下段に注意書きとして、孤児院から、つまり国費から出る品目が挙げられていた。目を通せば、授業料、制服代とあるが、肝心な寄宿費、食費、寝具代、文房具や消耗品費などが記されていないではないか。これはあとで問い合わせてみなければならない。

四時を知らせるチャイムが鳴り、校長は机の端のベルを叩いた。

「あなたはそこへ立ちなさい」

言うことを聞くかどうか指さしてみると、子供は指の方向を見て、部屋の中央から壁際へ歩いていった。どうやら、返事をしなくていい命令なら聞くようだ。子供の立った所からは、明るい南の窓を背にして座っている校長と、その反対側のドアの両方が見え、大きな東の窓を通して旧校舎の一角、広い校庭、その向こうに草原、さらに遠く山々が見渡せた。

急にドアが開いて、シャツの下にたくましい筋肉のうかがえる若者が入ってきた。

「三人の先生方を呼んできてください。例の非人の子供が着きました、と」

〈非人の子供〉と言うとき、校長の口の両端が下がった。

「それから、セバスチャン。物置部屋は用意ができていましょうね？」

セバスチャンと呼ばれた若者は、性格の良さをうかがわせる明るい表情で大きくうなずき、出ていった。そのあと十分ほどしてドアがノックされるまで、理解しているのかいないのかはっきりしない子供に向かって、校則、規律、生活スケジュールなどを一方的に言い聞かせた。

「お入りなさい」

グレーのスカートの上に、肩当てのある黒っぽいチョッキを羽織り、黒髪を後ろでござっぱりと束ねた、年のころ四十五、六の女教師が入ってきた。彼女は校長に一礼したあと、汚物でも見るように壁際の子供を見やり、災難が降りかかったと言わんばかりの口ぶりで、

「これですか」

と言った。結婚できなかったオールドミス、と生徒に陰口をたたかれるクニリス・ウーレントンだ。彼女は子供と反対側の東の窓際に立った。現在の受け持ちのクラスが三年目に入っており、今年七月に卒業させたあとは、次の一年生を迎える準備に入る。

二番目に、紙を落としながら入ってきたのは、二年生を受け持つジュラシア・アロビーだ。いまに結婚して辞めるだろう、辞めるだろう、と言われながら、生徒にも笑われっぱなしの、生来のそそっかしさのせいか、五度の結婚作戦に失敗したことがばれている。ピンクのワンピースにたくさん付け過ぎたフリルが、全部フワッと舞うほど深々と校長にお辞儀をしたあと、手を打ち鳴らした。

「あらまあ、かわいいこと！　これが奴隷の子ですか？　とても見えませんわ。ちっとも野蛮な感じがしないじゃありませんの。こんな服を着ていなかったら、どこか小さな国のプリンセスと見間違えるところですわ。ねえ？」

呼びかけた相手のクニリス・ウーレントンの同意が得られず、口を慎むように校長からも注意されて――でなければ、子供を抱き上げて、音高くキスでもしそうだった――両肩をすくめ、クニリスの横に立った。

最後に一年生受け持ちのサリー・ライナが、ジュラシアの開け放しておいたドアから、ジュラシアの落とした紙を拾って入ってきた。彼女はドアを閉めるために取っ手に手をかけたが、そのドアがきちんと閉まるまでに普通要すると考えられる十倍の時間がたっても、まだ閉め切れないでいた。壁際の子供を見て手が止まってしまったからで、彼女は非常に驚いた様子だった。

「どうかしましたか？」

校長の言葉が耳には聞こえていても、子供を見つめたまま、しばらくは衝撃から立ち直れないありさまで、ドアノブから電流でも流れて身体が焼き付いてしまったのではないか、と誰もが思った。しかし、サリーは気を持ち直し、ドアを最後まで閉めた。それからゆっくり校長に黙礼して、ジュラシアの隣に立った。子供のほうは、今までにたくさん出くわしてきたものと同じ、校長の、クニリスの、ジュラシアの視線を浴びて、誰の顔もしっかり見るということがなく、心を閉ざし、一刻も早くこの場から解放されるのを待っているといった様子だったが、この四人目の変わった視線には、一度だけ目を向けて見た。

その背の高い女教師は、明るい水色のワンピースをさわやかに着こなして、透き通るような白い腕を出している。短めに切った栗色の髪を軽くカールさせ、前髪を額になびかせていたが、額が隠れるほどでなく、まして聡明なまなざしをさえぎるものでもなかったので、こちらに向けられた不可思議で、異常に熱心な灰色の瞳に、子供はまともにぶつかることになった。その謎めいた瞳の奥には、名状できない輝きがあり、子供の視線はにわかに下へ降りて、水色のワンピースが床すれすれの所で、そよ風に吹かれるように揺れているあたりにしばらくとどまり、それから校長の机の下のほうへと入り込んだ。そうした子供の動きを、一つの所作に百の意味を見いだそうとするかのように、背の高い女教師は見守った。

誇り高い子女の教育の場として伝統ある我が校も云々、中途半端な時期に受け入れざるを得なく云々、今日から本校生徒となった奴隷あがりの云々、と校長はその間ずっとしゃべって子供を紹介していた。

「ということで、名前は、リミ、またはマリアです」

サリーはドキッとして、二番目の名を聞いた。クニリスが太い眉を片方持ち上げて尋ねた。

「『または』とは、どういうことですか?」

ジュラシアがクスッと笑い、サリーの顔が心なしか青ざめた。

「そう書いてあるのです。何度か売り買いされて所有主が変わり、名が変わったものと推察されますが、なにせ口の重い子で、何を聞いても返事をしないのですよ。いやいや、セバスチャンと同じであれば、その旨伝えられるか、書いてあるか、するはずです。ともかく世話が焼けそうで、問題を起こさねばいいが、と願うばかりですわ。特に他の生徒達への悪影響を防がねばなりません。それで、クラスのことですが、一年生としてサリー・ライナ先生のクラスに編入させても、すぐに二年生になってしまい、追いついていけないのではないかと案ずるのです。それよりも九月まで待って、次のクニリス・ウーレントン先生の一年生のクラスに入れたほうが、この子のためにいいような気がしますが、どうでしょう。それまではミネル達の手伝いなどさせて、まずこの学校に慣れさせたいと思っているのですよ。皆さんの考えを聞かせてください」

サリーよりもクニリスのほうが、非人の子の教育には向いている、と校長は考えていた。サリーは余計な思いやりを与えてしまい、甘やかしてしまうだろう。母親を亡くした今のミンダにしても、事情があるとは言え、同情過剰の感がある。それについてはそろそろ注意してもいいころだ。同じクラスのレナだって、幼いときに病気で母親を亡くしているが、この子のほうはちゃんと独り立ちしているではないか。母親の死から年数が経っていることを考慮しても、レナは生徒のお手本のような子供に成長している。

「私が考えますには」

クニリスが先に口を開いた。年下のサリーに対し、いつもの見下した口調である。サリーは三年間受け持った初めてのクラスを去年卒業させた。生徒たちの尊敬と校長の信頼を勝ち得たその業績に、『小生意気な』とクニリスは少なからぬ嫉妬と敵意を感じているのだ。

「受け入れてしまった以上、現一年生編入は当然と思われます。追いついていけないようなクラスにいさせたほうが、このリミまたはマリアのためになるのではありますまいか。中等教育に進められて思い上がっているに違いないこうした子にとりましては、謙虚さを育む劣等感というものが、最も大事だと私には思われるのです」

「なるほど」

校長の相づちを得て、クニリスは続けた。

「私事の話で恐縮ですが、以前妹が非人の子を使っておりましたとき、いくら叱っても叩いても、どうも同い年の妹の子供をバカにするようなのです。ご主人様の子供なのにですよ。そこでとくと観察してみますと、非人の子のほうが石投げもうまいし、泳ぎもうまい、かけっくらも速いし、力も強いときているわけです。妹は召使いに命じて、その子の足をこっぴどく鞭で打たせてやったんです。したところ、足を引きずって歩くようになりましてね、以来おとなしくご主人様の子供に頭を下げるようになった、という話です。十四歳というこの非人の子、リミまたはマリアが、私の次の新しいクラス――皆がほぼ十三歳という中に交じって、一人お姉さんぶるなど、できればごめんこうむりたく存じますわ」

「サリー先生、あなたの考えはどうですか？」

片手に持っている紙をジュラシアに返すことも忘れて、子供を見つめたままクニリスの説を聞いていたサリーは、激しい吐き気に襲われていた。それで次の校長の質問にぼんやりしてしまい、隣のジュラシアに肘でつつかれて我に返った。

「マリアを私のクラスでお引き受けするのが、一番いいと思います。これに関しては全責任を負うつもりです」

当然のように子供を一つの名で呼び、一抹の濁りもためらいもなく答えた。それははっきりと、子供に関するこれからの一切のしつけ・トラブルを、私がお引き受けしましょう、と響き、校長とクニリスをホッと安堵させたのだった。校長が思わず書類を『済み』の箱の中に放り込んだほどである。

「よろしい。マリアのために本校の規律が乱されることのなきよう、皆さんにくれぐれもお願いしておきますよ。他の職員、臨時講師の方々には、追々私から説明しておきましょう。それでは、ほかに何もなければ――」

そこでジュラシアが、ゆうべ八時過ぎに生徒の部屋へ行こうとして、ヘレンに見咎められたことを訴えた。

「仕方ありませんね、ジュラシア・アロビー先生。規則ですから」

「それにしても私は教師ですわ。用があったから行ったのです。用務員に叱られるなんて」

「ヘレンは生活指導の指揮権も持っているんですよ。教師といえども、すべてヘレンの了承を得るようにしてください」

クニリスが笑いをこらえながらドアへ向かった。

「ご苦労様、サリー・ライナ先生」

ドアを開けながら、先刻サリーの反論がなかったので拍子抜けし、先が思いやられるといった憂慮を表して、サリーを見た。

サリーが生徒たちにライナ先生と呼ばせないで、サリー先生と呼ばせているのを、次第に校長らもつられてそう呼ぶようになったが、クニリスだけは頑としてライナ先生と呼び、しばしば意地悪くフルネームになった。

サリーは少しも表情を変えず、その目は子供を見つめたままだった。ジュラシアのほうは部屋を出しなに、愛嬌たっぷりに子供のほおを人差し指でつついていった。子供がかすかに目を細めて体を縮ませたことに、サリーは気づいた。そして、読み間違えることなくその意味をつかんだ。どれだけ不当な制裁がこの子に加えられてきたものか、と。

「旧校舎の炊事室の手前の物置部屋が、この子の寝室になります」

校長が、孤児院に問い合わせるためのメモを探しながら、サリーに言った。

「生活の指導はミネルがやってくれるでしょう。しばらくミネルに面倒をみてもらいます。わざわざヘレンの足を旧校舎まで運ばせるほどのこともないと思いますのでね」

サリーは校長に不満そうな目を向けた。

「お国から預かる大切な身柄ですのに、いくらなんでも物置部屋では――」

「物を全部どかして、立派なベッドを作らせておきましたし、ちゃんと錠も作らせました。この非人の子を、他の令嬢たちと一緒にするわけには絶対にいきません。非人あがりの娘の部屋として十分か、十分でないか、この子を案内がてら、ご自分の目で確かめていらしてください。そして子供を置いたら、すぐに戻ってきてくださいね。いろいろ打ち合わせることがあります」

校長はメモを探し当て、孤児院側の誤解を解くべく、子供一人にかかるもろもろの経費を書き出し始めた。

「わかりました」

サリーは子供の前へ足を運び、ある感動を抑えながら身を屈めた。

「マリア」

呼ばれた名には深い意味合いが込められ、神の名が口にされたかのような美しい響きがあったが、子供は一度そむけた目の〈置き場所〉と決めたらしい校長の机の下から、体ごともぐり込んでしまったみたいに出てこようとしなかった。

「あなたをマリアと呼んでもいい？」

子供の心をほぐすような優しさだったが、何の反応もない。

「いらっしゃい」

手を差し伸べるが、ほっそりとした白い手を視界に入れながら、子供は身動き一つしなかった。

「人見知りの激しい子のようです。甘やかすのは良くないと思いますよ、サリー先生。必要なときには、お仕置きの一つや二つ、構いませんからね」

校長の忠告には返事をせず、サリーは差し出した手を引っ込めて、一人歩いてドアの前に立った。取っ手に手をかけ、心持ち命令口調を含ませて誘った。

「ついていらっしゃい、マリア」

子供はやっと顔を向け、そろそろと足を踏み出して、部屋の隅に置いた、片手に乗るほどの小さな荷物を抱えた。サリーの唇がスッと横に広がってほほ笑みになり、取っ手が回ってドアが開いた。

ロンショー女子中学の校舎は、生徒数が増えるにつれ、平屋の木造の西側に二階建ての木造、さらにその西へコンクリート造りの近代的な校舎、というふうに増築されていった。よほどの倹約家のすることと見え、新築部分ですべてが賄えるようにとは決して設計されず、あくまで旧校舎で足りない分だけを補う建て増しだった。例を挙げれば、新校舎の厨房が中途半端に狭いので、半分は遠く離れた旧校舎の炊事室で賄わねばならないというぐあいだ。そのくせ、生徒数の見込み違いから旧校舎には空き教室などもある。

そんなわけで、一番古い平屋に炊事室と一年生の教室、次の二階建てには大きな古い教室、その上に講堂、そしてコンクリートの新校舎に、他の教室と先生達の部屋、生徒らの寄宿舎があるという、行ったり来たりの無駄足の多い、まことにバラバラな配置の建築物になった。

新校舎の一階の一番東寄りの南に面した角に校長室があったので、サリーはそこを出ると、短い廊下を突き当たって右へ曲がり、片開きの鉄扉が立ちはだかったところで足を止めた。後ろを振り返ると、子供は足音をさせずに付いてきている。鉄扉に手をかけて待ったが、子供は立ち止まり、うつむき加減になってしまうのだった。重い鉄扉を開けて、そのまま押さえていると、通るようにとの命令と察した子供が、体を斜にしてすり抜けた。扉はサリーが手を離すと、自然と動いていき、ガチャッ、と閉まった。同時に、新校舎の上の階で生活する生徒達のざわざわした音や声が、ピタリと聞こえなくなった。

「行きましょう。途中、私の部屋と、あなたがこれからお勉強していく教室を教えてあげるわ」

子供はすぐ横の壁に背中を触れて立っており、一緒に並んで歩こうとサリーが誘うようにしても、かたくなに動かないのだった。サリーが歩き出すと、やっと子供も歩き出す。それまでの硬質の冴えた靴音が、木造校舎に入ったとたん、長い廊下にこだまする厳かな小づちの音に変わった。子供の布靴もかすかな摩擦音を立て始める。

廊下の左側、つまり北側に階段があり、二階の講堂へと通じている。階段の隣に、今は使われていない古い教室があり、右側には明るい窓がずっと続いた。その古い教室の向こうがサリーの部屋だ。サリーはちょっと止まって、子供に教えようと軽く手で示したが、結局そうしただけで、開きかけた口を閉じて、歩みを続けた。

靴の音がまた変わった。一番東側の校舎は、同じ木造でも普請の違う、いかにも安っぽい板造りになっており、長い南窓がそこで途切れる。

「ここが私たちの教室よ」

右手を指して子供を振り返ったが、子供はちょっと目を動かしたものの、何事もはっきりと見ることを拒むように、茫漠とした世界の中にいた。

教室の向かいには空き部屋と、外に出られる古い北玄関があり、教師のほかにセバスチャンなど使用人たちがよく出入りに使っているが、生徒たちは原則使用禁止だ。そこを過ぎて突き当たった廊下を左へ折れ、元校長室の奥行きの分だけ行くと、そこは右にしか曲がれない角になっていた。曲がれば暗い廊下の突き当たりが炊事室だが、その手前の左側に、横木の剝き出しの物置部屋があって、サリーはここで短い旅を終えた。

「ここなんだけれど……」

眉をひそめて木のドアを引いてみると、中は真っ暗で、まずランプを探さなければならなかった。開いたドアから入る薄日でテーブルがわかり、その上にランプを見つけた。火を入れて部屋を照らし出してみる。物が取り払われ、傷だらけの丸テーブルと椅子一脚のほかに、奥の壁に小さな勉強机と椅子が据えられており、その横にベッドらしきものが、布切れのカーテンで隠されていた。ちょっとしたくくり付けの棚以外、戸棚も水も窓もない、ガランとした四角い部屋だ。子供はまだ廊下にいた。中を覗いてみる興味もなさそうに立っている。

「入りなさい、マリア」

ランプをテーブルに置き、子供が入るまでドアを押さえていた。ゆっくり、恐る恐る子供は入ってきた。サリーはドアを閉め、作り立ての木の錠を、ガタン、と下ろしてみた。しっかり締まることを試しただけなのだが、ふと錯覚が起こって、夢の国へ入り込んで下界を遮断した錠音のように聞こえた。ドキッとして子供を振り返った。消えてしまって、いないのではないかと思ったのだ。

「マリア」

サリーは、今の錯覚から当惑ぎみに歩いていき、ランプの明かりを挟むぐあいに子供と向かい合った。子供はうつむいており、背の高いサリーは自分だけ椅子に座って、リム族特有の美しい輪郭を持った顔をのぞき込んだ。

「マリア」

思いがこみ上げて来て、その後に言葉が続かない。誰がこんな対面を予想しただろうか。自分はこんなことを期待して、中学教師になっただろうか。森で出会い、大学でかいま見、死んだものと思って、今では自由奔放な夢三昧の偶像にまで仕立て上がっている子供との、なんというめぐり合わせがやってきたものだろう。サリーはランプを横にずらし、両手をテーブルの真ん中に置いて柔らかく組んだ。

「あなたに聞きたいことや、お話したいことがたくさんあるの。でも何よりも、よく生きていてくださったわ……」

滑稽に映るであろう独りよがりの感情を懸命に抑えるのだが、それでも声は乱れがちになった。

「今までどこで何をしていたのか、聞いても、あなたは答えてくださらないわね。私たちはまだお友達にもなっていないのですもの。あなたがマーガレット・ホルスさんの所にいたのまでは、知っているの――」

その名を聞くと、子供は平手打ちを受けたようにたじろぎ、それとわかるほどに呼吸を速くし始めた。サリーは痛々しい思いで見守り、落ち着くまで待った。

「マリア」

いつまで待ってもその後の言葉が続いて来ないので、子供は目を上げて見た。そして、わずかに首をかしげるふうだった。子供の混乱がサリーには手に取るようにわかった。さぞかし不可解、不思議、違和感があることだろう。子供の表情は明らかにこう言っていたのだ。私を呼ぶのになぜそれほどお気持ちを込めるのでしょう。なぜ、まるで以前から私をご存じみたいなのでしょう。そしてなぜ、自分のような者に敬語を使われるのでしょうか。どなたかと人まちがいをしていらっしゃいます。完全に誤解をなさっていらっしゃいます……。サリーは口元をほころばせた。

「マリア」

いくら抑えようとしても、胸を高鳴らせるこの名を呼ばないではいられない。

「一つだけ教えてくださる？　あなたはいつからマリアと呼ばれるようになったの？　あなたはリミではなかったの？」

子供は目を伏せた。

「答えたくないの？　何を聞いてもだめなの？」

語尾を軽く上げ、親しみのこもった辛抱強い質問だったが、返答は得られなかった。サリーはそっと手を伸ばした。そして小鳥でも捕まえるように、脇に下がった小さな手に触れた。それが逃げないのを確かめると、大切なもののように自分の両手に包み込んだ。雛鳥のようにやわらかく、落とせば壊れてしまいそうな頼りない感触。生命がないように力なくじっとしている。

「あなたに悪いことをしようというのではないの。私をこわがらないで。いじめたりぶったりしないわ。今日からあなたの先生なんですもの。何でも相談してほしいし、早くお友達になりたいの。あなたがもう少し幼かったら、今この胸に抱きしめたい思いなのよ」

思わず両手に力が入ってしまうと、子供が顔をそむけたような気がした。サリーは力を緩めた。

「でも、あなたはもう十四ですものね。クラスで一番小さいレナよりも体が小さいし、十二歳のミンダよりももっと幼く見えるけれど、もう十四歳なんだわ……」

子供にはわけのわからない感傷に浸って、そうと知らずに手をさすっていると、子供が引っ込めようとするのを感じた。サリーは手を元の位置まで静かに下ろして離し、椅子から立ち上がった。

「あなたは今夜からここに寝なければならないのよ。ここがあなたのお部屋になるの。なんとか居心地よくしましょうね」

サリーは子供から離れてベッドのほうへ歩いていき、カーテンを引いて寝具を調べた。シーツ、毛布はこれでも上等なほうとして、毛布の間から引き出した、誰のものかわからない古パジャマは、いくらなんでも子供には大き過ぎるように見える。パジャマを丸めてベッドの端に置き、カーテンを閉めた。

「ランプをつけておきますから、私が戻るまでここにいなさい。こわいことはないでしょう?」

錠を外してドアを開けると、ここからは見えない細い窓からの西日の照り返しがサッと入り込んできた。

「ああ、この部屋には窓が必要だわ。それも校長先生と話し合ってみましょう」

自分がベッドのほうへ行けばベッドのほうを向き、入り口へ来れば入り口のほうを向く子供に、サリーは気づいている。

「すぐに戻ってくるわ」

ドアと柱の両方に手をかけながら、言い置いて出ていった。別れ別れになった自分の子供と再会した母親の気持ちとは、こんなものなのだろう。口こそまだきいてもらえないが、これから二年余りの間、他人を頼りに生きていこうとする、傷つきやすい無垢な心が伝わってくる。まったく、なんということになったものだろう！

校長室には一台の電話機があったが、用のある相手先に電話機がない、交換手が席を立っていて呼び出しができない、通じても雑音がひどくてよく聞こえないなどで、すんなり用が足せたためしがなかった。が、今回はうまく連絡が取れたらしく、多くの点で問題が生じ、校長が頭を抱えていた。サリーと校長は意見を交わし、真っ向から対立し、譲ったり押し通したりして調整に時間がかかった。ほとんどサリーのほうで折れねばならなかったが、窓の取り付けと制服の新調、の二点が受け入れられた。窓は、昼間でも暗い部屋のランプの油代を考えると、取り付け工事のほうが安上がりだということで。制服では、校長はボロの古服を与え、浮いた分をほかへ回すことを主張したが、サリーは万一生徒の親たちの目に触れたときのことを思えば、学校の品格にかかわる、などと説得して。

話し合いが終わって、校長はミネルを呼び、サリーは物置部屋に戻った。ノックしてドアを開けようとすると、錠が下りている。

「マリア。開けてくださらない？」

耳を澄まして待つが、何の物音も聞こえてこない。急に不安に襲われ、いま自分は目覚めて起きているのかどうか考えた。授業が終わって校長に呼ばれ、校長室のドアを入って……。だいたいそこらへんからおかしくなり、どうやらいつもの夢と空想の世界に入り込んでしまったようだ。ああ、これはすべて夢だった、とやっと理解した。リミがマリアという名を持ち、ここに――この物置部屋の中にいるなどという、そんな奇跡のあるはずがない。全くどうかしていた。ゆうべの夢はいつもより長く続いたものだから、今朝起きたときには、ぼんやりせずにしっかり仕事にかかろう、と気を引き締めていたのに。解放された非人の女の子を見ると、もしこれがマリアだったら、などとすぐ想像する悪い癖がついてしまった。そんな気のたるみは、とんでもない方向へ自分を駆り立てるものだ。はっきり目を覚まそう。今日来た子は、マリアでも何でもない、ただの女の子なのだ。クラスに迷惑を及ぼさないように、八カ月余りの遅れを追いつかせるには、少々びしびしやって、かわいそうだけれど、頑張ってもらわなければ――

錠の開けられる音がした。ドアが開き、マリアが立っていた。あまりサリーにまじまじと見つめられるので、子供は気分がすぐれなさそうに奥へ引っ込んで、ランプの光の届かない薄暗い隅に行ってしまった。この一時間、ずっとそうして立っていたように、サリーには思えるのをもって。

だった。広い草原から捕らえられてきて、狭い檻に入れられた小動物さながらの恐怖と悲しみ

「あなたは、本当に……」

サリーは自分の体が何だかフワフワするので、ちゃんと足が地についているのかと見ながら

入り、抱えてきた古い教科書をテーブルの上に積んだ。

「本当に……マリアなのね」

教科書に手を置いたまま、しばらく考えをまとめる必要があった。それから、暗い隅の子供

と向き合った。

「あなたの心をほぐすにはどうしたらいいのかしら。私……」

相手がまだ十四だということも忘れて、心の内を言葉にしようとしてしまった。しっかりし

なければならない。夢のマリアと目の前のマリアは別人なのだから、夢のことは一切考えるの

をやめ、しっかり現実を見なければいけない。そう心を決めると、パシッとした動作でテーブ

ルに向き直り、教科書の分類を始めた。

「これには何が入っているの？」

テーブルの足元に置かれた包みを指して聞いた。

「開けて見てもいいかしら」

返事がないので、おそらく替えの服が入っていると思われる包みを取り上げ、テーブルの上

に乗せてほどいた。子供が目で追っているのがわかる。出てきたのは三百六十二番と縫い込みのある新しくないタオル、五センチばかりの短い鉛筆、粗悪な石鹸の硬くなったかけらなどだ。顔を赤らめながらそれらを元に収め、教科書の分類を続けた。

「まだ制服がなくて、古着はあなたには皆ぶかぶかだし、その麻服で明日から授業に出なければならないのだけれど、仕方がないわね。一日も早く遅れている分を取り戻しましょう。祖父が元気でいてさえくれたら、夏休みに少しはお手伝いしてあげられると思うのだけれど。こちらへいらっしゃい、マリア。あなたの教科書なのよ。明日の科目は、上からこの順番なの」

教科書と聞いて、子供は興味を引かれたように暗闇から出てきた。そして、二メートルも離れたところから、一番上の表紙をのぞき込むのだった。

「最初は歴史よ」

サリーは取り上げて、子供に見えるように表紙をランプの光に当てた。が、子供の目は二番目の教科書のほうへ移っていた。

「歴史は嫌いなの？　二科目めは数学なのよ」

子供はすぐそばまで近寄ってきて、三番目を覗いていた。

「まあ、数学も嫌いなの？　いいえ、好きなんだけれど、いまのところは別なほうがいいというわけなのね」

性格がどうであれ、ただ勉強だけは好きであってほしいと願っているサリーは、子供のかわりに弁解してやるのだった。

「好きではありません」

子供が小さく返事をしたのに驚いた様子を見せないようにして、サリーはさりげなく言葉を続けた。

「それでは何が好きなの？」

子供は急に困ったようになり、大変な罪を犯したみたいに後ろに下がって、押し黙ってしまった。サリーはほほ笑みを漏らした。夢の子供ではなく、やっぱり現実の子供らしい、とやっと思えてきて、ホッとした。

「あなたと早くお友達になりたいと思うことが、あなたを困らせてしまうのね、恥ずかしがり屋さん。それが少しわかってきたわ」

現在進んでいる頁にしおりを挟んでおいてやる。

「私、自分の名前を言ったかしら？」

急に思い出して尋ねたが、見られることがいやみたいなので、ちょっと首を動かして隅の子供を目の端に入れるだけにした。

「校長先生は私を紹介してくださったかしら？　ぼんやりしていたのか、覚えていないのよ。私の名をご存じ？」

子供がうなずいたのかどうか、わからない。

「まだ知らないわね。知っても……あなたは呼んでくださるかしら？　……きっとだいぶ先のことでしょう」

ひとりごとのように話していると、耳に思いがけないものが聞こえてきた。部屋の隅から、聞き取れるか取れないほどのか細い、その通ってきた口元の繊細さを感じさせるような声が「サリー・ライナ先生」と言った。サリーは振り向き、胸を打たれて子供のそばへ行った。

「私の名を呼んでくださったの？」

身をかがめて子供の手をもう一度取ろうとすると、サリーの心を傷つけたことに、子供は避けて体をはすにしてしまった。サリーは自分の性急な行動を後悔し、手を引っ込めて気を取り直した。

「名前を覚えてくださって、うれしいわ」

ぎこちなかったが、心を込めて言った。

と、干からびたノックの音がして、ドアが、ギー、と開いた。さっきまでそんな音はしなかったのだが。

「物置部屋をノックして入るようになるたあ、思わんでごぜえましたよ」

痩せた、色の黒い、しわくちゃの、一粒の干しブドウそのもののような年寄りのミネルが、自分に課せられた仕事以外いっさい目に入らない、といった表情で入ってきた。真っすぐにベッドに向かうと、古パジャマを引っ張り出して、そばの子供と見比べた。

「国からは、おめえ様のパジャマ代なんぞ出ねえというだから、これを縫い縮めてやるより仕方ねえ」

彼女は子供の後ろへ回り、パジャマをその背中へざっと当て、縫い縮める箇所を頭に入れていった。

「それから食費も出ねえだから、おめえ様は毎日放課後、炊事場を手伝わにゃなんねえでごぜえますだよ。掃除、洗濯も自分でやらにゃなんねえ。来なしゃっせい。教えてやるだ。服洗う場所、体洗う場所、飯食う場所、雑巾やほうきのある場所、何しろおめえ様は皆と待遇が違うだからな、よく覚えとくでごぜえますだ。遊んでる暇なんぞありゃしましねえ」

「ミネル」

サリーはたまりかねて口を挟んだ。

「あれ、先生、おいでてごぜえましたか」

ミネルがたまげた顔を上げた。柱が立っているとでも思っていたようだ。

「マリアは国からの大事な預かりものだということを、忘れないでね」

これから自分が言葉をやわらげながら説明しようとしていたことを、歯に衣着せずあからさまに先に言われて、子供がどんなに辛い思いをしたことだろう、と見やると、子供は素直な目でミネルを見上げ、聞き漏らすまいと次の言葉を待っているのだった。

「こんなむさくるしい所に、先生様がおいでなさるのは良くねえことでごぜえますだ。へえへえ、この子はわしがお預かり申しましただから、ご安心なせえ。ちゃんと面倒みてやりますだ。早うここをお出なさるがいい」

「長くいるつもりはないけれど、まだ用事が残っているの。制服を注文するのに、マリアの寸法を測らなければならないの。あなたでは文字や数字が読めないでしょう、ミネル？」

「そんなこた、ヘレンにやらせりゃいいでごぜえますだ。先生様が非人の子の前にひざまずくもんじゃねえ」

「ヘレンはいま屋外授業をしているわ」

「あした暇なときにやらせなせい」

「明日の朝の郵便に間に合わせたいの」

「しょうのねえ……。なら、この子の夕食後にお願えしますだ」ミネルは不承不承譲った。

「日のあるうちに今から教えとくことが、山ほどごぜえますだで」

「わかったわ」

サリーが部屋を出ていくと、ミネルは子供についてくるように言った。

「この奥が炊事場になってるだから、呼ばれたら行って飯を食いなせい。あの悪がしこいノゼッタにゃ当分いじめられるこったが、おめえ様は奴隷あがりだで、慣れっこでごぜえましょう」

子供にとってありがたいことに、この老婆は返事を待ちもしなければ強要もせず、じっと見つめてもこなかった。場所を覚え、やり方を習い、注意事項を聞き、黙々と従った。ミネルから解放されたあと、物置部屋で椅子に座り込み、一心に教科書を読んでいると、部屋が振動するような乱暴なノックがあった。

「いるのかい？　あんたの夕飯の時間だよ」

ドアを開けると、ミネルほどの年ではないにしても、がさつで卑屈な感じの給食婦が、関心のなさそうな声で「おいで」と手招きし、サッサと炊事場へ戻っていった。子供がそこへ入っていくと、中年の大柄な給食婦が流しに寄りかかっており、太くて丸い腕を組んで、待っていたように睨んできた。

「こりゃ、また、ちっぽけな子だね」

役立たずの最たるものだと言わんばかりに失望を表し、力を抜いたので腕がほどけた。

「鍋どころか、杓子が持てるかどうかも怪しいもんじゃないか」

大鍋のかかったかまどの火はもう消えていたが、その上にぶら下がったお化け杓子は、中身が満たされた大鍋をかき回すときには、さぞかし重たかろう、と十分察せられた。

「あんた、こっちだよ。ここにお座り。そして早いとこ片付けちまうだよ」

年取ったほうの給食婦がテーブルを指さし、それで自分の役目は終わったものと、棚拭きの途中の雑巾を取り上げて、せっせと磨き出した。テーブルの上にはスプーンが転がり、でこぼこの大きなアルミ皿が置かれてあった。子供は言われるままに座り、スプーンを手に取って深いアルミ皿の中をのぞき込んだ。皿の内側に、煮崩れて焦げたカロイモのかたまりが、こすり取られて残ったように、くっついていた。

「それを食べるのさ」

流しに寄りかかった女が意地悪い目つきで見ていた。

「言われただろうが、国はあんたの食費なんか出しちゃくれないんだから、その分あんたには働いてもらうんだよ。鍋も持てないとなりゃ、しょうがない、授業が終わったら、ここへ来てイモの皮でもむいてもらおうか。言っとくが、あたしらだってあんたの分はただ働きなんだからね、お余りがありゃ食べさしてやるが、なけりゃしょうがない、あたしの足の裏の皮でもなめて、腹ごまかしな」

棚を拭いていた女が下品な笑い声をたてた。子供は身の程をわきまえている様子で、下卑た言い回しにも動じず、スプーンでカロイモのかたまりをつついた。そのひとかけらが皿の中央に転がり落ちたところを、すくってのみ込む。煮詰まって焦げて味が濃くなっているため、二口、三口食べると、水が欲しくなり、顔を上げた。ニヤッと笑った顔に出会った。子供は下を向き、最後まで食べてから、皿を洗うために立ちあがった。中年女の寄りかかっている流しにやってきて、皿を洗いがてら、手に水を汲んで飲もうとした。途端に、ピシャッ、と耳をはたかれ、水の残っていたアルミ皿が音を立てて床に転がった。

「あたしの許しなしに、水一滴、米一粒、口にしてもらいますまい」

意地悪な声が居丈高に響いた。

「水ぐらい飲ましておあげよ、ノゼッタ」

転がった皿を見やりながら、雑巾を持った女が言った。

「初めが肝心なのさ。水ぐらい、と甘やかしてごらん、タヤ。いまに鍋の中、戸棚の中、手当たり次第に食い漁り出すんだから。非人の子を何人も見てきて知っているが、油断もすきもありゃしないのさ。おとなしそうに見えても、そのうち本性を現してくるに決まってるんだ。今日はシャワーもお預けだよ。非人の子は臭いのがお似合いなのさ」

小言を聞きながら子供は皿を拾い上げ、タヤの使っているバケツの縁に、もう一枚掛かった雑巾を取って、床を拭いた。皿とスプーンを流しで洗い終わり、水を飲まずに手を雑巾で拭いた。するとまた耳をはたかれ、雑巾で手を拭いてはいけない、と言われる。その他こまごましたことに、耳をはたかれながら文句を付けられ、明日の放課後からしごいてやると脅されて、喉の渇きが癒されないまま放免された。物置部屋に入るところで、大きいランプを下げ、メジャーを手にしたサリーが廊下からやってきた。

「夕食はおいしくいただけて？」

子供を中に入れてドアを閉め、教科書を脇に寄せてランプをテーブルに置いた。空いたスペースに寸法表を広げ、どこを測ればいいのか、読んでみる。

「上着を脱ぎなさい、マリア。あなたの寸法を測るのよ」

椅子に腰かけ、いったいどこからどこを測るのか、字が細かくてランプの明かりでは見づらいところを、目を近くして調べた。その間上着を脱ぐ気配を感じないので振り向くと、子供はベッドのわきに立ったまま何もしていない。

「こっちへいらっしゃい。恥ずかしいわけではないでしょう？　メジャーを当てるだけですもの」

根気よく待ったが、ついに立ち上がって子供のそばへ行った。

「言うことをきいてくださらないの？　明るいテーブルのほうへ来てほしいのよ」

それでも子供が動いてくれないので、困ったように言った。

「こちらの勉強机のほうに、ランプと寸法表を持って来なければならないかしら？」

それを聞いてようやく子供の足が動いたので、サリーは表がよく見えるように、大小二つのランプの位置を直した。

「上着を脱いで、マリア。どうしたの？　そんなごわごわしたものの上からでは、正しく測れないわ」

子供は黙って突っ立っていて、従おうとしない。サリーはため息をつきそうになった。

「いちいちお願いしなければだめなの？」

辛抱強い言葉にも、子供はじっとテーブルの下あたりを見たままだ。そこへ入り込んでしまえる猫や犬でないことが、さも残念であるかのように。

「では、赤ちゃんみたいに、私が脱がせてあげなければいけないのね？」

たぶん子供がいやがって自分から動き出すだろうと思い、待っていた。期待が外れ、しょうがないのね、と漏らした。

「いいわ。何とかその上からやってみましょう」

あきらめて、持っていたメジャーの端を子供の肩に当て、下へたぐって手首の数字を読み、寸法表に書き込んだ。

「では、後ろを向きなさい」

少々命令口調になって言うと、子供は従って、背中をサリーに向けた。

「あなたは優しくされることがいやなの？　厳しく言われることのほうが好きなの？　ほかの子供たちとずいぶん違うので、どう接していいのかわからないのよ。私も努力するけれど、あなたもここの学校のやり方に慣れるように、努力してみてくださらない？　ああしなさい、こうしなさい、と人に言われたときには、たとえその人が鞭を持っていなくても、直ちに従わなければいけないわ」

明日からのことが思いやられるあまり、見当違いのとがめだてをしながら、メジャーを肩から肩へ渡して測った。次に襟足から下へおろして背丈を記し、そのあと両肩に手をかけて、そっと前を向かせた。そこで、躊躇したが、思い切って子供の上着の前ボタンを外しにかかった。子供の肩が一瞬すぼまったが、あとはおとなしくされるままになった。顔を背けながら。

「とても痩せているわ。たくさん食べて、ここを卒業するころには、もう少し大きくなりましょうね」

床にひざをついて話しかけながら、数が多く、穴の狭いボタンを苦労して外していく。最後の紐をほどいて両側に開いたとき、サリーは自分のしたことを知った。子供は下着を付けていなかった。なんてかわいらしい……いま花開こうとするバラさながらの二つの無垢のふくらみ……十四歳の女の子の胸って、こんなにきれいなものだったのかしら？　サリーが感嘆して、自分でも知らずに見つめている間、その小さな胸は凪の日の海のように、高まったり、低まったりしていたが、やがて尻込みするように肩が動いた。サリーは子供に悪いことをしていると気がつき、手早くメジャーの先端を取って、左右から上着の中へ両手を入れた。素肌に触れないようにしようと気を遣うので、左右の手が背中でなかなか出合わない。そして一瞬頭をよぎってしまった――子供はサリーの腕の中にすっかり入ってしまい、抱きしめるには、その輪をただちょっと縮めるだけでいい……

やっと手が届き、メジャーの端が渡った。それを引っ張ってきて、やわらかいふくらみの一番高い所にかけ、中央で重ねて、指二本をメジャーの下に入れると、重なりが少しずれて、やっと正しい数字が出た。表に書き込み、今度はメジャーの輪を下へおろしてウエスト、もっと下へおろして、ピッタリしたショートパンツの上から細い腰回りを測った。

「終わったわ」

子供に劣らずホッとして、メジャーを抜いた。

「出来上がるまでには日にちがかかるのだけれど、楽しみではない？」

子供は後ろ向きになってボタンをはめていた。その姿を見ながら、サリーは無性に話がしてみたいと思った。いったいどんな話をするのだろう。何を話すかしら？　どんなことを考えているのかしら？　どんな望みを持ち、どんな心を持っているのかしら？　私のマリアは夢の子供だけれど、この子は生きた現実の子だわ。小さいながらも美しいその肢体のように、きれいなことばかりではないでしょうし、澄んだその瞳のように、いつも清らかというわけではないでしょう。

干からびたノックがあり、許可も待たずに、せかせかとミネルが入ってきた。子供がそこに立っているので、ざっと縫い縮めて応急処置を施したパジャマを広げた。当ててみたところ、満足がいったらしい。

「着てみなしゃっせい」

サリーはあわてて、

「寝るときに着ればいいわ」

と言った。サリーがいることに、ミネルがまた目を丸くした。

「寸法を測っていたのよ。もう終わったわ」

さっさとテーブルの上を片付け、子供に向かって早口に言った。

「今夜は早くお休みなさい。ランプが消えたことを確かめて。それからいつも錠はかけておきなさい。明日の朝、迎えに来てあげますから、一緒に教室に入りましょう」

パジャマがきつかったり、ゆる過ぎた場合にゃ、やり直してやらんなんだから、いますぐ着てみてもらわにゃ困る、と文句を言うミネルをそこに置いて、サリーは大きいランプをぶらさげて出ていった。

その夜、複雑な思いを抱えてベッドに入ったサリーは、静かな（とばかりも言えなかったが、少なくともサリー自身の精神面では平穏な）生活に、突如降ってわいたこの事件を、気持ちを落ち着けて考えてみた。

最初の感動が過ぎてみると、夢のマリアの先入観念があるために気持ちが先走り、性質もまだよくわからない現実の子供を過大評価して、実際にはないものまであるように思えたのではないか、という気がしてくる。色眼鏡なしで客観的に観察すれば、人なつこさ（大人に好かれる子供の一番かわいい面）のまるでない、かたくなにしゃべらない（明日になったらしゃべるだろうか。それとも一年経ってもあんな無口のままだろうか）、あの年齢の子供たちが持っている生命力（元気いっぱいに生きようとする、自然と子供の体内から湧き出てくる力）をちっとも感じさせない――あの物置部屋にいるマリアは、そんな重苦しい子供と映る。これまで育ってきた環境からすれば、無理もないのだろうが。

救いもある。いまは内に秘められて表立っていないが、どうやら感受性は豊からしいことだ。

一見幼児にも似た無表情の中に、それはひしと感じられる。

しかしサリーは、夢の子と重なってしまい、公平に判断できそうもなかったので、それ以上長所を挙げることを控えた。そして頭の下で手を組み、

「確かに言えることが一つあるわ」

と、つぶやいた。今はもう、夢のマリアは何ものにも代えられない、ということ。誰にも——それが夢の発端となった当の子供であろうと——壊されたくない、かけがえのない、なくてはならない、夢こそ自分の命の大事な半分だということだ。物置部屋のマリアを考え過ぎるのはやめよう。一生徒として皆と同じに、それ以上でもそれ以下でもなく平等に、分け隔てなく面倒をみていこう。それにしても、うまくクラスに溶け込んでいけるだろうか、あの調子で……。

## 二

ヘレン・シーズは生活指導員という肩書を持っていたが、人手が足りないため、用務員の仕事も兼ねていた。意地悪でもなければ腹黒くもない、しごく善良な人間だったが、その性格は喜怒哀楽が激しく、世の中には白か黒しかないという、一徹な単細胞的・猪突猛進型だった。

そんな人間とうまくやっていくには一種のこつがあって、誰でも最初は失敗して怒鳴られたりするが、そのうち要領がわかってくる。もっとも、ジュラシア・アロビーみたいに、いつまでたってもわからない人間もいたけれど。

朝、校長室であいさつを済ませたサリーは、足早にマリアの物置部屋へ向かう途中、向こうから歩いてくるヘレン・シーズと鉢合わせになった。いけない、遅かった、と思わずにいられなかった。人見知りというものを、ヘレンが理解したとは考えられない。子供はどうだったのだろうか。

「いやはや、今度来た奴隷あがりの子供の、なんと不作法なこと！」

案の定。

「挨拶もしなければ、自分の名も言わない。ろくすっぽ返事もしなけりゃ、こっちの言うこともきかない。呆れ返りましたよ、サリー先生。奴隷といっても、さんざん甘やかされてきたんでしょうね。鞭打たれたことなど一度もないんですわ、あれじゃ」

長袖・長ズボンの活発なトレーニングウエアを着、大きなどら声を出すエネルギーは、四十半ばのものとはとても思えない。そんなヘレンと無口なマリアの取り合わせは、この先何カ月もてこずりそうに思われ、ここでけじめをつけておいたほうがいいと、サリーは判断した。

「マリアは、私とミネルが預かりましたの、ヘレン。こちらの旧校舎まであなたがわざわざ足を運ばれなくてもいいように、私たち、しっかり面倒をみますから」

「それは伺いましたよ、サリー先生。ご苦労なことです。実に躾の悪い、強情っぱりな子ですわ。あれぁ、雑巾みたいに固く絞ってやらなくちゃいけませんね」

「わかりました。私たちに任せていただきたいと思いますわ」

「新しいタオルとエプロンを持っていってやりました。孤児院から経費が出なくたって、それぐらいのことは他の子と差別しようと思いませんからね。お礼の一つもありませんでしたけど」

ありがとうございます、と礼を述べる間もなく、衣紋掛けみたいに骨ばった肩をちょっとも動かさずに、足音高く歩いて行ってしまった。サリーは物置部屋へ急いだ。ドアが開いており、子供は部屋の隅に立っていた——そう、立っていた。座ったり寝たりすることがあるのだろうかと、いぶかしく思うほどだ。

「昨夜はよく眠れて?」

大きくドアを開け放ち、反射する朝の日光を入れた。ここにはどこからも直射は入ってこない。

「朝食は済んだのかしら?」

テーブルのランプを消して尋ねるが、子供は相変わらず深い沈黙の世界にいた。昨日より少しは打ち解けてくれるかと期待してやってきたサリーは、さっきのヘレンのせいかもしれない、と残念に思うのだった。テーブルを見ると、教科書が一冊開かれており、読まれた形跡のあるのに気づいた。

「ああ、わかったわ。あなたは詩が好きだったのね？」

気持ちを明るくさせようと楽しそうな声を出しながら近づいていったが、子供は横を向いた。

「ね、マリア。今ここへいらした方はミス・ヘレン・シーズといって、厳しいけれども、生活指導をしてくださる立派な方なの。誰に対しても大声を出す方で、そうなの、私も怒鳴られたことがあるの。でも、悪かったことを反省して謝れば、快く許してくださるのよ。だから、そう気に病まずに、今度お会いしたときには、ちゃんと謝りましょうね」

持ってきたノートを子供に渡した。

「私の使いかけだけれど、当分は間に合うでしょう。教科書を持って、私と一緒にいらっしゃい。もうすぐチャイムが鳴るわ」

子供はノートを胸に抱え、おずおずと暗がりから出てきた。その顔を見るや、サリーは思わず目をつむってヘレンを呪った。ものにはほどというものがある！　時間がないので、急いで子供の手からノートを取り上げ、その手を引っ張って部屋から連れ出した。

「ミネルはどこ？」

使用人たちの部屋は、炊事室の奥向こうだ。狭い廊下を挟んで南側の個室二室と、北側の個室二室に分かれている。古株のミネルの部屋は、中でも最も日当たりのいい南東の角にあった。サリーはマリアの手を引いて、朝の片付けに忙しい炊事場を通り抜け、ミネルの部屋までやってきた。老女は朝日の中で縫物をしていた。

「ミネル。この油性のインクを今すぐに落としたいんだけど、どうしたらいいかしら？」

「へえ。こりゃ、何て書いてあるでごぜえますね？」

聞かないうちには動いてくれなさそうだったので、サリーはボソッと読んでやるしかなかった。

「『私は不作法者。あいさつの仕方も知りません』……。ね、早くして、ミネル」

笑い出したミネルを急き立てた。

「水では落ちないと思うの」

「心配なさることたねえ。質のいいベンジンがごぜえますだ。こっちへ来なしゃっせい、マリア」

チャイムが鳴った。子供は庭先へ出され、ミネルの筋張った手で顔をつかまれて、布切れでごしごしとほおをこすられた。

「乱暴にしないで、ミネル」

「こうしなきゃ落ちねえでごぜえますだ。今朝せっかく早う起きて、川で洗ってきただというのにな」

「どこで何を洗ったですって？」

「この子の起きる時刻にゃ、まだ水タンクのシャワー用の元栓が開いておらねえもんだから、すぐそこの川を教えてやったでごぜえますよ。さすがに野人の子とあって、服のまま飛び込んで、魚みてえに水飲んで泳ぎ回って、水から上がりゃ、野生馬追いかけるわ、風みてえに走り回って、まあ、見てるこっちが目ぇ回して、帰ってきたでごぜえますだ。さ、どうにか落ちた。これでようごぜえましょう」

そんなに元気よく水浴びする話よりも、そしてインクの落ちたその顔よりも、サリーは別の所を見てあっけに取られていた。手足の数カ所のあざは、昨日今日ついたものではない。校長室では出会い自体に気を取られ、物置部屋ではランプの薄明かりだったため、気づけなかった。いま明るい太陽の光を浴びて、目立たない内側だけを痛めつけるという、性悪者の陰湿な仕業が発覚した。この小さな子供がどれだけいじめられて、辛い経験をしてきたかを如実に物語っている。サリーは無念な思いに唇を噛みしめずにいられなかった。

「ここではこんな思いをさせないわ――」

こすられてほおを赤くした子供にノートを返し、教科書を取りに行かせ、後ろに従えて、遅刻して教室に入っていった。

教室は広く、南に大きな窓があり、目が痛いほど明るかった。先生のいない〈儲かった時間〉を、思い思いに過ごしていた生徒たちは、級長の号令で一斉に起立したが、サリーの後ろから、汚い色の袖なし上着にショートパンツ、といったいでたちのマリアを見ると、クラスじゅうが大笑いの渦となった。

「静かになさい！　ナシータ、机に乗ってはいけません。今日は皆さんに新しいお友達を——チカノラ、座りなさい。笑いやめなさい、ミンダ。新しいお友達をご紹介しましょう。名前はマリア——なぜ言うことがきけないの、ナシータ。それなら廊下に出なさい」

今度受け持ったクラスは、去年卒業させた初めてのクラスよりもずっと世話が焼け、ちょっとしたことですぐに上を下への大騒ぎとなる。暴れん坊のナシータ、ヒステリックなミンダ、それを扇動する何人かのつわもの達、うるさいわねぇっ、と制する級長のポージの大声がまた一つの騒音となり、サリーは鎮めるのにいつもひと苦労した。

「空(あ)いている一番後ろの席に着きなさい、マリア」

それからポージを呼び、授業が終わったあとでいいから、一週間の時間割をマリアに写させてあげるよう、頼んだ。級長にでも保護されれば意地悪から守られるのではないか、と気を回したのだが、この騒ぎでは当分、皆の好奇心の渦中に置かれることだろう。

「百十五頁を開きなさい」

皆の関心を授業に向けようとしたが、ナシータが立ち上がって、先生、と言った。

「何なの、ナシータ」

「マリアは非人の子ですか？」

サリーは詳しく非人解放を説明してやり、いまはもう非人とか奴隷という言葉を使ってはいけない、私たちと同じなのだと言い聞かせた。

「でも、先生。あたし、マリアと口をきくと、母に叱られると思います」

「そう。では、口をきかなくていいわ。ほかにもナシータと同じ人がいるの？」

しんとなった教室を見渡した。

「マリアとお友達になってくださる人は、少しでいいの。そのほかの、つまり、お友達になりたくないと思っている人は、お友達にならなくていいから、ただいじめないであげてちょうだい。これは私の心からのお願いなの。このクラスでは、誰もいじめられることがないようにしたいわ」

やっと静かになったので、サリーは授業を始めた。丁寧で、熱心で、想像力に富み、どんな質問にも一生懸命に答える講義は、一番後ろの席に座ったマリアに、あれほど人を拒んだその目を上げさせた。茫漠と漂うだけだった茶褐色の瞳は、やがていきいきと輝き始めた。

教室の机は横に四列、縦に四列並ぶと、ちょうど四角になってバランスよかったのだが、生徒が十七人いたため、体格のいいネッティが一つ後ろへ飛び出して自分の机を構えていた。そこへマリアが入ったので計十八人となり、二つの机が後ろへはみ出ることになった。そんなわけで、ネッティの窓側の席は、ちょっと横を向けば、廊下側に座ったマリアの全体が、簡単に観察できる位置だった。しかも、校庭からのまぶしい日が、盗み見る目を逆光にしてくれたので、彼女は早速その特権を行使し始めた。

昨夜、新校舎の給食婦ウィバらの立ち話から『リム族の女たちが端麗な容姿を持つとは、聞いちゃいたが——』云々と耳にして、ネッティはおかしかった。ばかばかしい。山猿の一種がいい顔立ちをしているといって、誰が嫉妬深く話題にするだろうか。ところが今、リムの血を引くというこのちっぽけな少女を見て、爪を噛み始めた。なんで蛮族の娘に気品なんかあったりするんだろう。なんでボロを着ているのに清潔な感じがしたりするんだろう。陰気臭い顔をしているくせに、なんであたしを、こういつまでも振り向かせておくんだろう——

「ネッティ、読みなさい」

ネッティは、命じたサリーをひと睨みし、ほっぺたを膨らませながら教科書を持って立った。大声で読み始めると、周りでガサゴソと頁をめくる音がした。なかなか『そこまで』というストップがかからず、ネッティは長いこと読まされることになった。声がかすれてきたころ、

「やっと、私たちが今やっているところまで来たわ」

と、サリーが言い、爆笑が起こった。自分がめくらめっぽうに読んだことぐらいわかっていたので、ネッティはサリーのほほえみに、不敵な笑みを返しながら座った。

〈マリアを見過ぎたから、罰をお与えになったのね〉

ネッティは、豊かに成熟した肢体の上に、華やかなスペイン系の顔と、真っすぐに伸びた黒髪を持っており、すでに情熱的な美しさをきらめかせていて、マリアと同じ年だとはとても思えなかった。しかしその美しさは、下品な笑いによってしばしば損なわれるのだ。クラスじゅ

うで最も大きく最も黒いその瞳も、生粋さがなく、裏や奥を執拗に追う独特な濁りを持ち、ヤマネコのように鋭い動きをする。彼女は授業が終わるまで、しつこく、たちの悪い自分の視線をサリーにわからせ続けた。いつものことで、またしっぺ返しされた、とサリーは解している。

チャイムが鳴ってサリーが教室から出ていくと、新入生に対する好奇心を満たす時が来たとばかりに、大勢の者がマリアのまわりに集まった。それをかき分けてポージが、サリーに頼まれた時間割表をマリアに貸すためにやってきた。

「まあ、お礼も言わないで受け取るの？」

ポージに呆れ顔で言われて、マリアの手がちょっと止まったが、それでも口が開かれるわけでなく、おずおずとそのまま受け取るのだった。非難まじりの声が口々にあがった。と、別のにぎやかな一団が、どいて、どいて、と近づいてきて、新入りに対する恒例の儀式ででもあるように、掲げた布袋をマリアの頭の上で逆さにした。威勢のいい生き物が転げ落ちてきて、ピョンと跳ねて時間割表の上に乗っかり、ゲロゲロ鳴いた。助けを求めるように見えるその脅えた生き物に、マリアがそっと小指を差し出すと、鳴き止んで喉を膨らませた。あら、平気だわ、この子。そう言ったナシータの肩にカエルがジャンプして飛び乗り、悲鳴が上がって大混乱になった。マリアは急いでカエルを捕まえ、両手に包んで運んでいき、校庭側のドアを開けて外へ出してやった。

「ふうん」

両手をスカートのポケットに突っ込み、柱に寄りかかって見ていたネッティが、面白そうに唸った。その意味ありげな視線をよけながら、マリアは席に戻り、時間割を写すためにノートを開いた。ネッティが追ってきて、非人の子の扱い方を知っているとばかりに、無造作にマリアの髪の毛をつかんで仰向け、その顔に言ってやった。

「カエルや猿を食べていたんだもの、怖がるはずがないわよねえ」

それから彼女はマリアのノートに気がついて、調べるために取り上げた。一方、ネッティのやり方に学んだナシータが、マリアの座っている椅子を蹴とばす。チカノラがどさくさの中から手を伸ばして、マリアの腕の内側、脇の下に近い柔らかいところをつまんで、つねり上げる。つねる者の常として、相手が悲鳴をあげ、逃げ出すまでを限度と楽しむものだが、チカノラが不安になり出したことに、マリアはじっとうつむいて、自由な手の甲を額に当て、はずむ息を抑えながら、黙っていつまでもつねられているのだった。痛さの前に身を投げ出し慣れた奴隷根性に触れ、チカノラは興ざめして手を引っ込めた。ナシータがもう一度後ろから椅子を蹴ったので、体重の軽いマリアは、机の端にみぞおちをぶつけ、借りた時間割表に手をついて皺を寄せてしまった。

「ねえ、黒板を見て!」

誰かが叫んだ。マリアを取り囲んでいた連中が振り向いた。『お友達をいじめることは、恥ずかしいことです』と、大きくチョークで書いてあった。

「誰が書いたのさ！」ナシータが大声で言った。「ポージ、あんたでしょう」

ポージは壇上の机を布切れで磨いているところだった。え？　ええ、そうよ。私よ、ナシータ。何か文句があって？　優等生でいらっしゃること。

「あれはあんたの字じゃないわ、ポージ」

ネッティが言った。いらしたわよ！　誰かが言った。ネッティはマリアにノートを返し、ポージはすばやく黒板の字を消した。

「黒板に何をいたずらしたの？　ポージ」

サリーが壇上に登りながら聞いた。

「いたずらではありません、サリー先生。信じてください」

「信じましょう」

サリー先生の周りには、そこだけいつもさわやかな風が吹き、そこだけいつも軽やかなメロディが流れている、とポージは思う。人を振り返らせるほど美しい方なのに、なぜ結婚なさらないのかしら。きれいな人はみな結婚しているのに——ミセス・シモーヌ・エヌアも、ミセス・バーバラ・ゴスも。ところが、尖ったお尻を突き出して歩くミス・ジュラシア・アロビーや、いつも口角が下がって表情のきれいでないミス・クニリス・ウーレントンや、顔の肉まで筋っぽいミス・ヘレン・シーズなんかは、誰もらい手がなかったのだ。そういうポージ自身は赤ら顔の、肩や胸やお尻にはち切れそうな肉の付いた、南国娘だった。といっても、ネッティのように肉感的な付き方ではなく、ずっと健康そうな、てきぱきと働く人によくある、がっしりした体格といってよかった。おっと、いけない、サリー先生が机の間を歩いていらっしゃる。今朝のネッティの二の舞だ。

数学の問題を出したあと、サリーは壇上を下り、一人ひとりのノートをのぞき込んで回った。皆が首をひねっている間に、追いつけるように少し教えようとマリアの所で立ち止まった。そのノートを覗き、

「なぜ――」

と言いかけて、のみ込んだ。マリアはもう解き終わっていたのだ。なぜこの問題がマリアに解けるのか、サリーはあまり驚いたので、そのあとの生徒のノートに、つい雑になったり上の空になったりした。その様子を遠くから見ていたネッティは、サリーの心を読み違えなかった。

〈先生は、マリアの机に気持ちを置いてきた！〉

「マリアはどうです？」

教師専用の食堂へ顔を出した校長が、授業を終えたサリーに尋ねた。

「十分ついてこれますわ」

『マリアはどお？』――この言葉はかつて夢の子の話だった。今は生きた人間の話である。何と不思議な感じがすることだろう。

「本当ですか？」

隣のクニリス・ウーレントンが太い眉を片方だけ持ち上げて、疑い深い声を出した。

「次の授業で、私が確かめてみましょう」

「お願いがありますの、ウーレントン先生」サリーが言った。「マリアは、はにかみ屋のレナよりももっとひどく、物事や人を恥ずかしがりますの。無理に返事をさせようとすると、うちに閉じこもって出てこなくなってしまうのです」

「そんなに返事ができなくて、どうしますか」

「時間をいただきたいんですわ。必ず返事のできる子にしますから」

「誰であれ、私は特別扱いはいたしません」

それを聞いて、向かいに座るジュラシア・アロビーが、楽しそうに口を挟んだ。

「あら。ウーレントン先生のお気に入りの生徒を、私知ってますわ。ほら、あのかわいいレナ――」

「アロビー先生」

クニリスはあわてなかったが、食事を終えたので立ち上がり、ジュラシアを見下ろして言った。

「あなたのスプーンが今、下に落ちました。それから私は、〈皆に平等に〉という当校の方針を、厳格に守っているつもりです」

きっぱり言い切ると、出ていった。

「ウーレントン先生は楽譜の交換をしたりするんですわ、あのかわいいレナとだけ」

クニリスの姿が見えなくなると、ジュラシアがサリーに言った。

「皆に平等なのはサリー先生のほうですわよ。生徒たちの慕いようを知っていますもの。どうしてそういつも魅力的でいられるのか、いつか秘訣を――」

サリーは、次のクニリスの授業でマリアがどうなることかと心配で、ちっとも聞いていなかった。

スペイン語では、マリアが十分ついてこれると言ったサリーの鼻を明かしてやる材料に、クニリスは困らなかったようだ。サリーは午後の新校舎での授業の途中、三分間の休みを入れて自分の部屋に辞書を取りに戻り、マリアが教室の前の廊下に立たされているのを見た。そばへ行くことはできないながら、元気づけるために目を合わせようと、小さく指を鳴らしてしばらく待ったが、マリアはこちらを向くどころか、まばたき一つせず目の前の宙を見つめていた。

クニリスの授業が終わったあと、五時間目の始業のチャイムが鳴る前に、サリーは自分の教室に入っていった。まさにミンダがマリアのほおに平手打ちを食らわせようとするところだった。サリーの登壇で急に静かになった教室に、そのビンタの音が、パン、と鳴り渡った。

「ミンダ」

サリーは机の間を縫って走り寄ったが、ヒステリーを起こしたミンダの手がマリアを二度、三度とたたくのを止めさせるには間に合わなかった。サリーはミンダの手首をつかみ、マリアから引き離した。

「いったいどうしたというの、あなたは。泣き止みなさい」

ミンダはヒクヒクしながら暴れ、言う事をまるで聞きそうになかったので、サリーは強引に廊下へ引っ張り出した。この痛快劇には紙吹雪が飛んだ。ナシータは家来のザギーと一緒に机に乗って拍手喝采し、チカノラがゲラゲラ笑った。ポージは肩をすくめた。ジャネスが黒板を消し終わるのを、腕を組んでネッティが眺めていた。ミンダを廊下に出して教室に戻り、ドアを閉めたサリーは皆の顔を見まわした。そして、ミンダとマリアだけのもめごとでないことを感じ取った。誰か説明のできる人はいないのか、厳しい語調で尋ねた。

「マリアにお聞きになったらいかが、先生」

後ろの席から大胆な口をきいたのはネッティだ。チャイムが鳴り出した。

「あなたが説明できそうね、ネッティ。あとで聞かせてもらうわ。いつまで机に乗っているの、ナシータ。下りなさい。みんな自分の席に着きなさい。ジャネス、あなたは何を黒板にいたずらしたの。ポージはどこ？　ポージ、みんなを起立させて。そこの床の紙くずはどうしたというわけ？」

イルーネがよく言ったものだ。お嬢様には忍耐力というものがございません、中学校教師にはそれが第一条件でございますのに。いつか腹を立てて帰ってこられるのが落ちでございます――久しぶりにその言葉を思い出す。

　授業中マリアの視線を求めたが、マリアは一度も顔を上げなかった。廊下でひきつけを起こしてしまったミンダを、彼女の部屋まで運ぶというおまけのついたこの日最後の授業の終わりに、チカノラ、ネッティ、ポージの三人に、残るよう言いつけた。この三人が――新入生のマリアもそうだが、通常の一年生より年が一つ上だったため、クラスの騒動に対して、ときどき連帯責任を取らせることがあった。

「クラスで誰が一番かわいいか、以前十人ばかりの間で投票したことがあるんです」

　真ん中に立ったポージが話した。

「そのときはレナが七票で、ミンダが三票だったんです。ところが今日、あの非人の子が入ってきたでしょう。お昼に食堂で、再投票しようかどうしようか、って騒ぎがあったんです。結局やることに決まって、ウーレントン先生の授業のあと開票結果を黒板に書き出していったの。レナが五票、マリアが五票、ミンダには一票も入らなかったんです。そうしたらあの子、気違いのように後ろへかけていって、先生のご覧のとおりになっちゃったの」

「そんな罪な投票をするものじゃないわ。あなた達だって、他の人からそうされたらいやでしょう」

「あたしはいやじゃないわ」

ネッティがすかさず口答えした。誰が一番美しいか、投票されてみたいものだわ。自信のある人にはかなわないわ、とチカノラがそっぽを向いて吐き出した。皮肉っぽい微笑を絶やすことがないためにできた、口の脇のひと筋の皺さえなければ、チカノラの褐色の細面の顔も結構見られるのだが、目鼻立ちの際立ったネッティと比べられたら、ひとたまりもない、とポージは見ている。

「うぬぼれないでちょうだい、ネッティ」ポージが言った。「誰もあなたなんかに入れやしないわよ。あなたの顔は、あんまり個性が強くて、見てて飽きがくる――」

「やめなさい！　あなた達はどうしてそう、顔かたちのことばかり考えるの。ほかに考えることがあるでしょう。二度と幼稚な投票などさせませんから」

クラスを悪いことに扇動した罰として、夕食前の三十分間校庭の草むしりをするよう命じ、三人を放免した。

「でも、サリー先生なら誰に入れて？　レナとミンダとマリアでは？」

草むしりの罰など何とも思っていないように、ネッティが質問した。

「誰にも入れません。人の価値は外見ではないわ。もうばかなことを言うのはやめて、早く教室を出なさい。ポージたちは行ってしまったわよ」

サリーは後ろを向き、教材に使った大きな地図を壁から外しにかかった。

「なんでご自分の気持ちを隠されるの？」

ネッティが追及してきた。サリーはなかなか外れない鋲を指先で回しながら、横目でネッティを見た。

「私が自分の気持ちを隠すの?」

「いま一番かわいいと思ってる人って、誰にでもあるもんでしょう?」

ネッティは鋲を外すのを手伝いながら、サリーの表情の変化を見逃すまいとした。

「あなたの担任の先生を、そう睨むものではないわ、ネッティ。私はあなた方一人ひとりのことを、一生懸命考えているのよ」

ドアが開き、ポージがネッティを迎えにきた。

「それにしては、マリアのほうばかりご覧になってらしたわ」

「それは今日が初めてだからだわ。すきあらばいじめようと、みんな鵜の目鷹の目だったでしょう」

「いまのところ、みんなマリアを構い過ぎの感じだけど」ポージが会話に割り込んだ。「そのうち見向きもしなくなると思うわ。だって、先生、あんな礼儀知らずの陰険な子ってないんですもの。貸してあげた時間割をなかなか返してくれないので、字が読めないのかと思って様子を見に行ったら、どうでしょう、他人のものを皺くちゃにしておいて、ごめんなさい、のひと言もないの。ああいう社会生活失格の人間には、私、我慢できません。レナよりマリアのほうがかわいい、と言う人の気が知れないわ」

レナの、色白のほおをまだら模様に赤くして、青い瞳を伏せた愛らしさや、毎夜巻いて寝る明るいブロンドの髪の、見る者の心をくすぐる美しさは、レナ礼賛者でなくとも認めるところだ。

「あんたのレナは、ほんとにかわいい子よ、ポージ。でも」ネッティが画鋲を箱に入れて、反論に出た。「レナのかわいさを十分観察し終えた目を、マリアに向けてごらんなさい。見事にレナの印象がなくなるから。それは衝撃だわ。どうしてなんだろう、と考えるんだけど、まだわからない」

「いい加減になさい！　どうしてそんなバカみたいな話ばかりするの」

サリーがイライラしてきたのをまるで楽しむように、ネッティはやめなかった。

「目は茶色だし、レナのような笑顔だってないし――」

「マリアを見ていると、私はいらいらしてくるわ」ポージもサリーの制止が耳に入らなかったようだ。「あんな煮えきらない陰気な子は、私の性に合わない」

「お願いだから、二人ともやめて」サリーが頼んだ。「しばらくマリアをそっとしておいてあげて。幸せを知らない子なの。わかってあげてほしいわ」

「かわいそうな子だって言って、先生はミンダのお母様がわりもなさってらっしゃるじゃない」と、ポージ。「甘やかし過ぎだと思います。だから、いつまでたったって、ああなんだわ」

「マリアもいつか、ああなるでしょうよ」と、ネッティ。「サリー先生の目はチヤホヤだもの」

サリーは丸めた地図を抱え、二人を置いて先に教室を出た。これ以上聞いていられなかった。

炊事室の壁の引っ込んだ一隅に、コンクリートで塗り固めて水を切る溝を作った、通称『カロイモの洞窟』があり、職員用・生徒用のカロイモが積まれていたが、マーガレット屋敷で見慣れているマリアは驚かなかった。流しと洞窟の狭い間に入り込んで、床にじかに座り、皮むきをする。長方形の大きな刃に太く短い柄が付いているという、マリアのきゃしゃな手には重い包丁だったが、それでもなかなか器用な手つきを見たノゼッタは、余分にやらせるために、外から持ってきて追加した。文句も言わず、黙々と熱心にむき続けるので、ちょっかいを出してやろうと、棚の鍋をわざと落とした。それがもろにマリアの頭にぶつかり、目の前に星がちらつくぐらい痛かったはずなのだが、マリアは声を立てなかった。窓からうすぼんやりした光しか入らなくなり、ランプが灯され、流しから盛んに水しぶきが飛んでくるため、マリアの髪の毛や背中がびっしょりになったころ、さすがのノゼッタも感心して、もういいだろう、と言った。

ゆうべよりもましな夕食を食べさせてもらって、夜飲むためのコップ一杯の水ももらい、ようやく落ち着いて勉強をしていると、規則正しい優雅な靴音が聞こえてきた。靴音は次第に近づき、物置部屋の前で止まった。ノックの音。マリア、と呼ぶ優しい声。錠を持ち上げると、サリーが入ってきた。

「きょうはどうでした？　私の授業は気に入って？　あなたが、好きでないという数学の問題を解いたので、びっくりしているのよ。今も勉強をしていたのね。座りなさい」

サリーは言葉をかけながら、テーブルの椅子を引いてきて、ベッドのそばの勉強机の横へ据えた。そこへ自分が座り、もう一度、マリア、と呼んだ。

「あなたにお話があるの。おかけなさい。ウーレントン先生の授業では、何を叱られたの？」

腰かけたマリアは、両手をひざに置き、横から顔をのぞき込まれながら、開かれた教科書の上に目を落とした。

「私と、まだお話をしてくださらないの？　私、聞いているのよ」

マリアは教科書の中にすっぽり入ってしまったようだった。

「では、今朝あなたは、なぜほおにインクを塗られたの？」

マリアが目を落としている教科書の上に、サリーは自分の手をそっと滑らせて置いた。そのため、ほっそりした白いサリーの手を目の前に見ることになり、マリアは困ったように顔を上げた。

「お返事をしないからではないの？　ウーレントン先生にも、ミス・シーズにも、お返事をしないから叱られたのでしょう？　違って？」

マリアはまた下を向き、仕方がないのでサリーの手を見つめた。

「はい、と言いなさい、マリア。言えないことはないでしょう」

サリーは見つめられている手をちょっと動かした。マリアはわずかにたじろいだ。

「はい、と言って、マリア。本当は言いたくてたまらないのではないの？　そんなに私の手を見つめないで。私を困らせないで。あなたがちゃんとお返事ができるようになるまで、私、ここにいるわ」

辛抱強く待たれて、マリアは病気のとき立ち上がるのに必要なほどの気力を出して、口を開いた。それはかすかに、はい、と聞こえた。引いていく波のような弱い声だった。あまり痛々しかったので、サリーはなんだか自分が悪い事をしているような気さえしたのだった。自然に話せるようになるまで待てないのが、残念で、そして苦しい。

「あなたには大変な努力が要ることなのは、よくわかるの。でも、人に呼ばれたり聞かれたりしたときには、いつもそうお返事をしてほしいの。あなたがひどい目に遭うのを見ていられないのよ、マリア。特に明日はミスター・奥野という、厳しい地理の先生がいらっしゃる日なの。気の短いところがおありなので、いい、マリア、怖がらないで、この方にちゃんとお返事をしてほしいの」

白い手が持ち上がり、マリアのあごに触れようとしたので、意図を察したマリアはその前に顔を起こした。

「きちんとお返事をする、って約束してくださる？」

熱心なサリーの瞳からマリアの目がそれて、だんだん頭がうつむいていった。サリーはこっそりため息をつき、この極度の内気を治すにはどうしたらいいかと、途方に暮れる思いで、引っ込めた手を組んだ。

## 三

翌日、奥野講師の授業が終わった後、サリーはポージを廊下で捕まえた。

「何か変わったことはなかった？　誰か叱られた人がいて？」

「みんな無事だったわ、先生。ミンダが授業を聞いていなくてトンチンカンな答えをしたときには、ひやひやものだったけれど、ミスター・奥野は、今日は虫の居所がよかったみたい。『あほ』とか何とか、ひと言おっしゃっただけだったわ」

「マリアはどうだったの？」

「マリアも、最初はどうなることかと思ったの。『おまえはなんでそんな服を着ておるんだ』と聞かれて、答えないんですもの。ミスター・奥野が怖い顔をしてマリアのほうへ行ったので、レナが盛んに、お願い、お願い、とささやくものだから、私、立ち上がって、『あの子は非人の子で、きのう入ってきたんです』と言うと、

『非人の子？　おお、聞いておる、聞いておる。おまえがマリアって子か』とおっしゃって、それで終わったの」

ネッティが教室の後方の入り口の柱に寄りかかって、それとなく、廊下に立つ二人の話の端々を聞き捕らえながら、サリーの表情を盗み見ていた。そのうちにぶらりと体を揺らし、自分の席で次の授業の準備をしているマリアの後ろに立った。耳たぶを触られたマリアは身をすくめて、つねられるか引っぱられるかするのを覚悟して待った。だが指は、それとは違った妙な動きを始めた。マリアは振りほどいて立ち上がり、ネッティを見た。いやらしい笑いにネッティの顔が歪んだと思うと、いきなり襲い掛かってきた。マリアは身軽に飛びのいて避けた。

「へえ。のろまかと思ったら、すばしこいのね。別にあんたをいじめるつもりじゃないの。反対に友達になりたいと思ってるんだわ。あんたの部屋は物置部屋ですってね」

そこでネッティは、夜遊びに行く算段を打ち明けて、障害を数え上げ始めた。まず第一に、午後八時以降は二階より下へは下りていけないことになっており（ヘレンが自分の部屋から丸見えの階段を見張っている）、やむを得ない用事があるときには、その旨ヘレンに申し出なければならないこと。第二に、新校舎と旧校舎を仕切る鉄扉は、右手奥に校長室、左手にクニリスの部屋、後ろに長い廊下があって、開け閉めの音を聞かれずにそこを通過するのは、至難のわざであること。第三に、サリーの部屋の前の木造の廊下を、いかなる忍び足で歩けば気づかれずに通り抜けられるかということ。

「だって、あそこあたりの足音の響きったら、夜はドラムをたたくようなんだもの」

第四に、物置部屋の向こうの炊事室で働く人たちが、しょっちゅう通るし、そしてやたらと口うるさいこと。これだけの難関を突破するのは、自分にはとてもできないから、だから――

「あんたがあたしの部屋へ来てくれるのがいいわ。そのへんてこな布靴だったら、足音もしないでしょうし――」

「マリアを誘惑しよう、ってわけ？」

声のしたほうを振り向くと、ふくらはぎの太い赤茶けた脚が、空中でバタバタしており、ナシータの顔がネッティの腰の位置にあった。ナシータは、机の端をつかんだ両手と頭の頂点でもって弓なりの胴体と脚を支え、スカートが顔の前におっかぶさってこないように股の間で縛る、といったあられもない格好で逆立ちしていた。前後の席の子が、迷惑がって逃げ出した。

「危ないじゃないの、このおてんば娘！」

ネッティが叫んだ。

「あたしの才能を知らないの？　塀の上でだってできるんだから」縛ったスカートがだんだんほどけて、顔の前に下りてきた。「ああ、マリアみたいなショートパンツだったらいいのにな。そうしたら――」

ついにすっかりほどけて、フリル付きのパンツが丸見えになり、見物していた者たちが馬鹿笑いを始めた。片手を離してスカートをあごに引っかけ、おどけた顔を出そうとしたナシータと、自分の席に戻っていくマリアを、ネッティは見た。次の瞬間、ナシータがバランスを失って後ろ側へよろめき、足をばたつかせながら倒れて、ドスン、と背中から床へ落ちた。あちこちで悲鳴が上がった。一瞬目を覆ったネッティが、目を開けて駆け寄ると、ナシータは机と机の狭い間から起き上がろうともがいていた。

「生きてた……よ、よかった」ネッティは胸をなでおろし、ナシータの手をつかんで引っ張り起こした。「ついにおだぶつになったかと思ったわ」

するとその下に、どうしたわけか、マリアが下敷きになって倒れていた。皆キョトンとなった。ナシータがどくと、マリアは痛そうに背中を押さえながら、自力で起き上がって席に戻っていった。

「私、見たの、先生」

放課後、レナが顔を紅潮させてサリーに語った。

「倒れるナシータの下へ、マリアが飛び込んだの」

金曜日は二時半で授業が終わり、生徒たちや教師たちはみな迎えの馬車で、あるいは乗り合い馬車や貸し馬車に相乗りして、それぞれの家へ帰っていく。が、ミネル、セバスチャンなど、帰る家のない者は居残り、休日の学校を管理する。ヘレンには姉妹の住む家があり、帰省したりしなかったり気まぐれだ。

「家に帰るのを明日に延ばす、と言うのですか？」

サリーの申し出に、校長はいぶかしい顔をした。

「マリアの勉強を少し見てやりたいと考えておりますの」

「あの子を気遣うことはありません。そんなことをやっていると、えこひいきだと思われますよ。マリアはミネルとヘレンに任せておけばよろしい。それに、お家の方の具合が悪いそうではありませんか」

「ウーレントン先生のお話ですと、スペイン語がわからないようなのです。ここしばらく金曜日の夜をマリアのために割いても、祖父の病状が急変するとは思われませんから」

サリーがたまに翻訳の仕事が間に合わなくて、土日を学校に泊まり込む許可を得るときには、校長はすんなり承諾するのだが、今回は納得しないまま不服そうにサインした。

生徒たちを送り出し、校長、教師、給食婦らが皆行ってしまうと、広い校舎は台風が去ったあとのように静まり返った。炊事室ではミネルがマリアに手伝わせながら、七人分の夕食作りに取っ組んでいる。そのうちの四人分を教師専用の食堂へ運んだとき、ヘレンがマリアを見て、その小ささに首を振った。

「夕食前の屋外授業に、マリアも加わらせなくちゃいけませんね、サリー先生」

ボール遊びや体操やダンス、その他火災訓練などもひとまとめにして、ヘレンは屋外授業と呼んでいた。

「その時間には、マリアは厨房の手伝いをしなければならないんですの」

ドアから出ていくマリアの後ろ姿を見送りながら、サリーが答えた。

「少しは外へ出さないと、イモの皮むきばかりしてたんでは、大きくなりませんよ」

「校長先生が決められたことなので、仕方がないのです。私があした外へ連れ出しますわ。それよりも、ヘレン、あのナシータをもっと外で動かしてやってくださいません？　あの子はエネルギーを持て余していますの」

「サリー先生。あたしたちも一緒にお散歩に連れていってくださるでしょう？」

同じテーブルにつかせてもらって食事をしていた双子が、声を合わせて言った。サリーは、もちろんよ、と答え、その時間に迎えに行くと約束した。

炊事室のほうの食事がすんだころを見計らって物置部屋へ行くと、ドアが開いたものの、中が真っ暗だった。

「ごめんなさい、もう寝ようとしていたのね」

しかし、暗闇にいるマリアは、まだパジャマ姿ではないようだ。

「着替えをするところだったの？　もう一度ランプをつけてくださらない？」

入り口に立って待っているが、部屋の真ん中にいるマリアは、奥へランプをつけに行こうとしない。

「私を玄関払いしたいわけではないでしょう？　ランプはどこなの、マリア」

サリーは笑って中へ入り、手探りでテーブルの上、それから勉強机の上を探し、そこに見つけて点火した。が、すぐに消えてしまった。

「ああ、わかったわ。油がなくなったのね。待っていらっしゃい」

ミネルの所へ行くと、ミネルは不満げに訴えた。

「あの子は油を飲んじまうだか知らねえが、さっきも空になったランプを提げてやってきたでごぜえますだ。きのう入れてやったばっかりだったで、こんだぁ、あさってでなけりゃ入れてやらねえ、と言ったら、おとなしく帰っていったとこでごぜえますだよ。あの子の来た水曜だって、使いかけじゃねえ、いっぱいに満たしたヤツを置いといてやったでごぜえますのに、いくら窓がないたって、一杯分が一日ももたねえなんて、こんだ校長先生にご相談申し上げて——」

「ささいなことで校長先生を煩わせてはいけないわ。いい、ミネル、マリアのランプの油を、今後決して切らさないであげてほしいの。その費用は私が持ちますから」

「そんなことしていいだかね」

「いまマリアは夜の勉強で、懸命にみんなに追いつこうとしているの。だから、ミネル、どうかお願いします」

たっぷり油の入ったランプを提げて物置部屋へ戻ってみると、案の定勉強机の上にはノートと教科書が開かれていた。ランプをそこに置き、昨夜のようにテーブルから椅子を引っ張ってきて、机の横に据えた。

「あなたの勉強を見てあげようと思って来たのよ。こちらへいらっしゃい」

ゆらゆら燃えるランプの明かりから離れて、マリアは入り口のわきに、体を半分壁に向けるようにしながら突っ立っていた。

「どうしたの？　まだ何かあるの？」

袖なし服に包まれた痩せた肩から、なめらかに下へ伸びるマリアの腕が、ランプの明かりのせいか、サリーの目にふるえて見えた。近寄っていくと、やはりそれはふるえていて、そしてサリーを視界から出すように、顔が背けられた。

「マリア……」

初めて自分の生徒、この内気な子供に嫌われているのではないかと疑った。

「あなたが独力でやりたいのだったら、もちろんそれでいいの。お手伝いできたらと思ったのだけれど、あなたにはいやなことだと、知らなかったの。マリア――」

マリアの首が横に振られるように動いた気がした。見守っていると、やがて重い口が開かれ、声が聞こえてきた。夕暮れの霧のようにしっとりとして、降っているのかいないのかわからないぐらいに、何かを恐れるように止んでしまい、それからまた降り続く、といった頼りない声が。

「サリー先生のあたたかさを感じます……からだいっぱいに感じています……どう言っていい

かわからないほど感謝しています……」

いとおしさに打たれて胸がせまり、サリーはしばらく声が出なかった。

# 四

「ハイボ小学校には二年間通ったと聞いているけれど、その前はどこにいたの？」

山を下りてくる涼しく香り豊かな五月の風にスカートの裾をなぶられながら、双子に先を行かせ、マリアと並んで川沿いを歩いた。その手足の内側のあざは、ちっとも薄くならない。

「解放があったのは四年前だけれど、小学校へ入る前の二年間はどこにいたの？」

返事が返ってこないときには、サリーは長く待たずに質問を変えた。

「あなたが小学校の二年間で、あれだけできるようになるとは思えないんだけれど、それ以前にどなたかに教わったことがあるの？」

マリアはしばらく考えてから、はい、と答えた。

「それはどなたなの？」

ときどき風が強く吹き渡り、マリアがたくさんの羽根で素足をたたかれるような心地よい感触を楽しんでいるように見えて、サリーは微笑んだ。サリーの長いスカートがマリアの足にからむと、マリアは横へ少し退いた。サリーはまた質問を変えた。

「マーガレット・ホルスさんの所へ来る前は、どこにいたの？」

「オルトに」

「オルト？　海に近いオルト村のこと？」

マリアがうなずいた。

「そこで何をしていたの？」

そのころはまだ三つか四つの幼児だということが、なぜかサリーの頭から抜け落ちているのだった。マリアのほうは、別の疑問を持ってサリーを見上げた。私が奴隷だったことをお忘れなのでしょうか、と。

「ご主人様にお仕えしていました」

「ご主人様って、どなた？」

際限のないサリーの質問のうち、簡単に答えられるものだけにマリアは応じた。

「オルトの前はどこにいたの？」

「森にいました」

「何という森？」

「メルフェノ森」

「そう……」

九十九パーセントの可能性が、ついに百パーセントになった。サリーは手をスカートのポケットに入れ、遠い山々へ目を移した。

「メルフェノ森は私も知っているわ。一度行ったことがあるの。大きな森ね。そこで一人の幼い女の子に出会ったわ。その子は澄み切ったきれいな茶褐色の目をしていたの。ちょうどいまのあなたのような……」

海のように深く、星のように遠く、夜明けのように静かな、とサリーはありったけの形容詞を心の中で使ってみる。

「毎日の生活の中で、いつもこんな瞳を見ていられたら、どんなにすばらしいかしら、と思ったわ。でも、その女の子はもう売られてしまっていたの」

サリーのスカートが風に吹かれてマリアの脚を覆うように絡まり、マリアはまた横へよけた。

「私のスカートが気になるの？　それなら、こちら側へ来るといいわ」

マリアはサリーの後ろを大きく回って、反対の川側、風上へ移動した。

「その子は木に縛られていたのだけれど、あなたは木に縛られたことがあって？」

「よく縛られました」

双子は笑いさざめきながら、ずっと先のほうを駆けていた。

「私が見たのはリム族の女の子で、三つか四つぐらいの――」

マリアは少し驚いたように、サリーを見上げた。

「私をご存じでいらしたのでしょうか？」

「知っていたわ」

マリアの表情が混乱を表した。

「地元の男の子が、奥深い森の中に一人でいるあなたを見つけて、拾ってきてしまった、って話していたわ。ご両親はどうなさったの？　なにか記憶はあるの？」

マリアはすぐ横を流れる川に目を移した。キラキラ光る川面を見ながら、ありません、と言った。

「何か一つでも、私を愛してくださった方の思い出があったら、どんなにいいでしょう。生きていらしたら私を抱きしめてくださる、ただ一人の方――お母さまの、小さな思い出が一つでもあったら……生きる力がもう少し持てたかもしれません」

マリアのはかり知れない苦しみが伝わってくる。同じ川面をサリーも見つめていた。

双子が遠くからサリーを呼んだ。サリーの足がちっとも急がないので、双子は自分たちのほうから駆けてきた。

「あなたを愛する人は、お母さまだけではないと思うわ」

双子が来ないうちに、サリーは言った。

「生きる力を与えてくれる人は、きっとほかにもいるでしょうし、もし今はいないように思えても、これから先、必ず現れると思うわ」

すぐにマリアは首を横に振った。

「決して。……考えられません」

それは予想でも、確信でもなく、拒絶のように響いた。

双子と合流し、一緒に散歩道を折り返した。

「あなたは毎朝、この川で水浴びをするの、マリア？」

サリーは当たり障りのない話題に変えた。

「服を着たまま、とミネルが言っていたけど、いくら麻でも、そんなにすぐには乾かないでしょう。濡れたままの服を着て授業を受けているの？」

「最初にそれがわかりましたから……」

「だから？」

「何も着ないで川に入ります」

サリーはびっくりした。

「それは良くないわ、マリア。あなたは男の子じゃなくて女の子なのよ。それも、もう十四でしょう」

「真っ暗な時間に」

さらにびっくりして語気を強めた。

「真っ暗な中で事故でもあったらどうするの、マリア。夜こんな川に流されたら、誰も助けに来られないのよ。どうしてそんな大胆になれるの、私の――」

私の前では、あんなに恥ずかしがっていたのに、と言おうとしてのみ込んだ。双子がサリーの両脇にやってきていた。マリアとばかり話をするサリーに嫉妬して、マリアを押しのけた。そして、サリーを挟むように両側から手をつないで、マリアを完全に後ろへ追いやった。


物置部屋の勉強机は〈お古〉の木机で、四本ある脚のうちの一本が、他の三本より若干短い。最初の夜それに気づいたマリアは、丸めた紙くずを脚の下にあてがって使っていた。引き出しもまたスッキリ閉まらない。そこでこの日、ドアを開け放して昼の光の反射を頼りに、念入りに掃除してみることにした。雑巾でみがき、引き出しを引き抜いて教科書を出し、中の埃をはたいた。受け穴のほうも雑巾で拭くのだが、丸めた紙くずが脚から外れて、その間じゅうガタガタ鳴っていた。それから引き出しを元通りに入れてみるが、やはり同じことで、最後までピッタリはまった感じがしない。もう一回引き抜いて、素手を突っ込んでみると、一番奥のすき間に紙切れが挟まっていることがわかった。引っ張ると途中で破けた。古いノートの切れ端で、幼稚な文字で埋まっている。残りの切れ端を、破かないように注意深く取り出し、くずかごに捨てた。

目に飛び込んだ文字の印象というものは、脳を通さないで直接心に入ってくることがある。一瞬なぜこんな快い、あるいは気色悪い気持ちになったのだろう、と原因の文字を探せば、たいてい心当たりのものが見つかる。そういうことは誰しもが持つ経験だ。で、マリアもこのときそんな状態だった。くずかごから今捨てた紙切れを拾い上げ、『サリー先生』という文字を見つけた。破れた二枚をつなぎ合わせて、少しのつもりで読んだ。

『我らのウーレントン嬢も、きょうはピアノのたたき過ぎで、目のまわりにおたまじゃくしが舞っているようだから、ちょうどいいわ、と思ってしまったの。あしたね、と書いた紙をパトリスに投げて、で、そのあとどうして気絶しちゃったのか、ちっとも覚えていないんだわ。気が付いたら、サリー先生のあのステキなスカートが、私のほおにかかっていたの。ね、マロンデ、わかる？　この気持ち。なんとも言えない、先生のためなら死んでもいいと思うほどの、幸せな気持ち——ミス・シーズの顔が私にかぶさって、なんて邪魔かしら、サリー先生が見えないじゃない、と思っているうちに抱き上げられて、運ばれてしまったんだけど』

結局読んでしまい、マリアは変色した紙を小さく破いて、全部くずかごに捨てた。それから椅子に座り、読んだ罰としてしばらくの間、胸の高鳴りと闘わなければならなかった。

祖父の容態が思わしくなく、サリーは月曜日の朝、授業の直前に帰ってきた。物置部屋には窓造りのために二人の職人が入っていて、作業は明日の夕方までかかり、それまで部屋は使えないという。授業のあと校長にかけあいに行くと、校長はちっとも心配していなかった。

「マリアは今夜、炊事場の床にでも寝かせてくださいな。床に寝ることぐらい、非人の子は平気ですから」

「待ってください。炊事場はセバスチャンも出入りしますから——ほかにいい場所がないか、考えてみますわ」

校長が失笑した。セバスチャンはたくましい立派な若者だが、幾つか体の機能を失っている。だからといって、むざむざ若い娘の寝姿をさらすことはない、とサリーは考え、ミネルを説き伏せた。

「この年になって、非人の子と一緒に寝ることになるたあ、思わんでごぜえましただ」

翌日の夕方、壁をくりぬいて窓が出来上がると、サリーは早速見に行ってみた。真っ暗で何の光もささなかった物置部屋が、見違えるように明るくなり、そこからは夕暮れの林を通して北門が見えた。ということは、外からも中が見えるということだ。すぐにもカーテンが必要だった。

テーブルの上にミネルに借りた針とハサミが載っており、マリアが椅子に座って自分の寝間着をほどいていた。

「で、今夜、あなたは何を着て寝ようというの？」

マリアが言いよどむので、返事を聞く前に言った。

「いいわ。私の窓のカーテンを持ってくるわ。だから、ほどいたものをつなぎ合わせなさい。窓のほうが先に出来上がってしまって、間に合わなかったけれど、あと何日かで、あの……パジャマもカーテンも、制服と一緒に出来てくることになっているの」

マリアは驚いた顔を上げた。

「制服代以外は、お国から出ないと聞いています」

サリーはちょっと困った顔をし、なかなか返事をしなかった。ため息を一つついた後、声を落として言った。

「私からのプレゼントなの」

「そんなことをなさっては……本当はいけないのでしょう?」

マリアはちっともうれしそうでなかった。

「ほかの子供たちがみんな家から来て、何もかも揃って持っているというのに、あなただけがパジャマもないなんて、見ていられないの。何も言わずに、私の思うとおりにさせてほしいわ。どうせお金持ちではないんですもの、たいしたことはしてあげられないのよ」

マリアは両肘をテーブルについて、手の甲の上に額を乗せた。そのまま動かなくなってしまったので、その表情を見ることはできなかった。


サリーのブルーのカーテンは、そう長く物置部屋に掛かっていなかった。数日後の夕方、サリーはひと抱えもある大きな箱を持って、物置部屋を訪れた。マリアは部屋におらず、捜してみると、炊事室の床に座り込んで、水に浸かったカロイモを一つ一つ取り出し、四つ切り六つ切りにする仕事をしていた。

「マリアの仕事はまだ終わりませんの？　ノゼッタ」

「もうそろそろ、ようございましょう、サリー先生」

「いらっしゃい、マリア」

物置部屋で大きな箱がほどかれ、次々に中身がテーブルの上に並べられた。白いブラウス、紺の上着にプリーツスカート、胸元にレースをあしらった白い肌着、水色の綿のパジャマ、そして涼しそうな水色のカーテン。

「これを最初に体につけて、それからブラウス、スカート、上着の順よ」

そう言い置いて、サリーは一旦自分の部屋に戻った。着替えが終わったころ、また行ってみると、ミネルが眉の間にしわを寄せて首を振っていた。

「よくねえことでごぜえますだ。レースの下着や上等な寝間着なんざ、非人の子にゃ要らねえ話でごぜえますだよ」

サリーはミネルの小言など耳に入らず、マリアの制服姿を見て、ばらのように感動していた。

「なんて紺がよく似合うんでしょう！　なんてかわいいんでしょう、マリア」

マリアのほうは、サリーの感嘆よりもミネルの小言が聞こえたらしかった。が、サリーがあまり手放しで褒め続けるので、ついに下を向いてしまった。

「スカートは長めだけれど、袖丈はピッタリだわ。あした、みんなびっくりするでしょうね。

校長先生にもお見せしましょうね。それにしても、まあ、なんて――」

下を向いた先には、生まれて初めてはいたスカートなるものの裾が、ゆらゆら不安定に揺れていて、マリアは一層ぎこちない、落ち着かない思いをするのだった。


純真な女学生らしさを、制服姿のマリアほど表している者はいないように思え、驚いたり、嫉妬したり、いじめたり、また「投票し直しましょうよ」と言い出す者も現れる始末で、その日一日、皆の関心が他へそれることはなかった。

「あのショートパンツのほうが、ずっとあんたによく似合っていたのに」ネッティが、まんざら皮肉でもなさそうに言った。「だって、あんたの足は付け根からくるぶしまで、そりゃあ真っすぐに伸びてて、でこぼこがないんだもの。それを隠しちゃうのはもったいないわ」

今度は服の上からつねってやらなきゃならないわ、とチカノラが言えば、身も心も制服のようであってほしいものです、とナシータがクニリスの真似をした。

校長は物置部屋のカーテンを見ると、顔をしかめた。

「感心しませんね、サリー先生」

「これが最初で最後だと思いますから」

納得しない校長の顔に、サリーは再びセバスチャンを持ち出して弁解するのだった。

生徒が炊事室に入ることは禁じられており、廊下の突き当たりを左に曲がるところを見られただけでも叱られた。だが、昼休みのちょっとした時間に、ネッティは運よく通り抜け、物置部屋へ噂のカーテンを見に行った。

「ふうん。水色はサリー先生のお好きな色だわ……」

マリアはベッドの横の小ぶりの机に向かって、黙々と教科書を読んでいた。

「ねえ、マリア」

ネッティはそちらへ行き、机の寄せてある壁に寄りかかって、上からマリアを見下ろした。

「あんた、サリー先生のことをどう思って?」

質問の意味がわかったのかどうか、マリアはうんともすんとも返事をしなかった。ネッティは手を出して、マリアの教科書を取り上げた。困ったように顔を上げたマリアに、大きな目を据えて尋ねた。

「すてきな方だと思う？　サリー先生に憧れている人は多いけど、あんたもその一人？　どうなの?」

マリアは何も言わずに下を向いた。

「サリー先生が授業中、必要以上にあんたのほうを見ているのに、あんたは気づいてて？　でも、うぬぼれないでちょうだい、先生の寵愛を得ているなんて思ったら、大間違いなんだから。あんたが来る前までは、先生はミンダに——」

開いているドアから、ミネルが入ってきた。

「おめえ様は何してるでごぜえますだ」

ミネルの怒鳴り声は大きくないが、それだけ恐いニュアンスを含んで聞こえた。

「ここはおめえ様の来なさるところでねえ」

ネッティは机に教科書を投げ出し、ミネルの険しい顔に、しっぽを巻いて逃げていった。

一方ミンダのほうは、マリアの制服が何としても気に入らなかった。意地悪したあと、マリアにノートを返し忘れたため、サリーに知られて小言を食らった。次の音楽の授業のため新校舎へ皆が移動し始めているのに、ミンダは怒られたことに納得せず、集めたノートに赤を入れるサリーのそばに、いつまでも弁解がましくまとわりついていた。

「だって、マリアが置き忘れていったんだもの」

「いつから嘘をつくようになったの、ミンダ」

ジャネス、チカノラ、レナが、後ろでミンダを待っていた。

最初に教師の目につくのは、劣等生、手のかかる子、悪い子だと言われるように、通常の一年生より一つ下の年齢からも、悪い成績からも、甘ったれた性格からも、ミンダは真っ先にサリーの注意を引いた生徒だ。母親に溺愛された子で、蝶よ花よと育てられた結果、自分の思い通りにならないものがこの世にあると認められない子になってしまった、と教師たちが分析している。

去年、一年生の初めのころ、ミンダがネッティの長い黒髪を束ねるきれいなリボンを欲しがったとき、ネッティにむげに断られて、何日もだだをこねていたことがあった。まもなく母親が学校へ乗り出してきたものだ。

「いくらでなら、お譲りいただけましょうか」

その母親が年明けに事故で死んだ。ミンダの欠席が半月に及んだ時、サリーは出かけていった。そして、心のよりどころを失って食べ物も受け付けない痩せたミンダを、父親と言い争いまでして学校へ連れ戻した。時間の許す限り一緒にいてやり、根気よく話を聞くうちに、次第に気を紛らすようになってきた。最近ようやく、本来の我が儘いっぱいの元気を取り戻すようになったばかりだ。

「弱い者いじめをして、恥ずかしいと思わないの？」

サリーはミンダを甘やかし過ぎたとは認めたくなかったが、そろそろ厳しさを教えてもいいころだとは思っている。

「ミンダ、謝りましょうよ」

レナが言った。皆から可愛がられているこの少女は、申し分のない優等生で、バオシティ郊外の大邸宅から、つまりクラスで一番遠い所から来ている。大袈裟な革カーテン付きの箱馬車で送り迎えされるのをいやがり、帰る方向が同じミンダの馬車に乗せてもらったり、皆と一緒に乗り合い馬車や鉄路で帰ったりして、裕福なことをかえって苦に思うような心の持ち主だった。

「なんで、あたしばっかり怒られるのか、わかんないわ。マリアだって悪いのに、なんでここへ呼んで叱らないの？」

「マリアは被害者でしょう」

「マリアは、ここへ来てからずっと特別扱いなんだわ」

サリーは教壇の端に置かれたミンダの手を取った。

「どうして素直に反省できないの、ミンダ。あなたも、よその学校へ転校していったときに、皆からいじめられたりしたら悲しいでしょう？」

「ノートを隠したぐらいで、そんなにくどくどお説教されちゃ、ミンダがかわいそうだわ、先生」チカノラが口を出した。「ミンダがマリアを構いたいのは、友達になりたいからなんでしょ」

「あら、あなた達じゃなくて？」サリーが呆れたように言った。「マリアと口をきいたら、家の人に叱られると言ったのは」

「あれはナシータよ、先生」と、ジャネス。「あの嘘つき。あんなこと言っておきながら、マリアを構いたくってベラベラ話しかけてるじゃないの。しゃべらないのはマリアのほうだわ」

「ではあなた達だったら、ここへマリアを呼んでも、お友達として親切に迎えてくださるのね？」

「私、マリアと友達になろうとは思わないけど」話が変な方向に進み、まばたきしてジャネスが言った。「ちょっと話すぐらいだったら構わないわ。だって、無口な人って無味乾燥なんですもの。長い話はつまらなそうだわ」

色黒のジャネスは、レナやミンダに比べると神経が太く、目立っていい所もなければ、これといって悪い所もない、成績も中ほどという一般的な少女だ。彼女が鉛筆を落としたために机の下に屈み込んだので、サリーが首を向けた方向にはジャネスでなく、レナの顔があった。

「あの……」

急にサリーと目が合って口ごもった。

「私はお話したい思いでいっぱいなの。ただ話しかける勇気がないの、先生」

レナの青い瞳が、何やら考え深げな陰を帯びた。何を言い出すのかと、四人の視線が集まった。

「ドアから入ったときとか、席に着くときに、遠くからチラッとマリアの横顔や、うつむいたところが目に入るの。私には無味乾燥どころか、そこにたくさんの表情が見えるの。『私を放っておいてください。私を通り過ぎていってください。いま私は別の世界にいます』って……」

「あたしは逆なものを感じるわ」ミンダが急いで言った。「『ぶちたければ私をぶってください。私をいじめてください。私は奴隷ですからそれが当然です』って」

「それは、同じことの表と裏のような気がするけれど……」

レナとミンダのやり取りに、チカノラが両手を広げた。

「どっちにしても、はっきり口で言えばいいじゃない。顔でものを言うなんて、私の好みじゃないわ」

「マリアは何か、私たちにわからない深い悲しみを持っていて、いつも神様とお話しているのではないかと思うの」マリアのことを話すとき、レナの声はどこか厳粛になった。「だから、私たちとお話する必要を感じないのかもしれないの」

「あたしだって悲しんでいるもん」

ミンダが負けずに言った。自分こそ癒されない悲しみを抱えて、一番友達を必要としているのに誰も構ってくれない、愛してくれるかと思うと裏切られる、信じられる親友なんて一人もいない、と訴えた。ママが生きていらしたときには、うれしいこと、困ったことがあると、みんながあたしを取り囲んでくれた。思い切り甘えて話して、顔を上げて見たときに、目を細くして笑っているみんなの眼差しに出合う、そんなぬくもりが大好きだった。

「でも、ママが死んでから、いろんなことがわかってきたの。あたしが能天気のパランパランでないと、みんなこっちを向いてくれないんだわ。あたしの体を埋めていたものがなくなって、腕がだるくなったり、頭やおなかが痛くなったり、体じゅうガタガタになってしまったあたしには、みんなそっぽを向くんだわ」

「で、お母さんで埋まってたというあんたの腕やおなかは、いま誰で埋まっているわけ？」

サリーをチラと見ながら、チカノラが皮肉った。あんたのお母さんがわりなんて、まっぴらごめんだわ、とジャネス。誰があんたなんかに頼むもんですか、とミンダ。

「ね、ミンダ」レナがミンダの顔を覗いた。「お友達に求めるんじゃなくて、自分がふさわしくなるように努力してみる、ということはできないの？」

「あんたにはポージがいるから」ミンダがケンカ腰になってきた。「あたしの気持ちなんてわかんないんだわ」

「レナの言うとおりよ、ミンダ」

サリーが時計を見て言った。ミンダがサリーにキッとした目を向けた。

「先生も、あたしよりマリアのほうがよくなったのね。ね、そうなのね？」

「誰が誰より私にいい、ということはないのよ、ミンダ。あなたもマリアもレナも誰もみんな、同じ私のかわいい生徒なの。悲しいときには、誰にも同じようにそばにいてあげたいと思うの。それで、あなた達は授業に遅れて、ぜひウーレントン先生に叱られたいと思うのね？」

チャイムが鳴り始め、四人とも大慌てで駆け出していった。

# 五

奥野は他国の大学教授だったが、金銭的なトラブルを起こしてこの国へやってきた。それを知りながら、肩書に引かれて臨時講師の契約を結んだものの、どこの学校でも評判がよくないように、ウェルジ校長も彼をうさん臭く思い始めていた。彼の受け持ちの地理は、フランス語教師のシモーヌ・エヌアが、彼の休みのときに代講をしており、彼女のほうが生徒の人気もあってずっと評判がよかった。それで、この年度替わりに奥野講師の契約打ち止めを考えている。が、もっと手っ取り早く校長の望みどおりになる事件が起きた。

その日、地理の授業は順調に始まった。ポンポン飛び出す奥野の脱線した話を、生徒たちは神妙に拝聴した。

「詩人てのは、頭がおかしいんじゃねえか？　おれにわかんねえことわかるなんて、どうかしてるよ」

どんなに話が砕けようと、生徒たちは笑いをかみ殺し、嫌悪を抑え、恥ずかしさを耐え忍ぶのだ。

「白人てのは、ちっとも年がわかんねえよ。女か子供か見分けがつかねえときには、月の話をしてやるんだ。この国の月は一つだが、日本の月は東西南北いっぺんに四つ出るんだ、ってよ。

びっくりしたら子供だ。笑ったら女だよ。そうやって、おれは外国暮らしをしてきた」

成長半ばの感じやすい小さな人間たちがそこにいるとは、彼は考えてもみないようだ。

「女の体ってのは、脱がせてみんことにはわからねえもんだよ。だってな――」

自分は暴言を吐き放題のくせに、生徒たちに対しては異常に厳格だった。ネッティやポージまでもが委縮して、咳一つするにもおっかなびっくりといった状態で授業を受ける。それはヘレンの屋外授業にも似ていたが、ただヘレンが生徒のためを思って怒るのに対し、奥野は自分の憤懣を発散させるために癇癪玉を爆発させた。

そんなわけで、授業が終わって緊張から解き放たれると、いつもお祭り騒ぎになる。逆立ちしようが、わめこうが、休み時間の態度までは、奥野もとやかく言わないからだ。この日も、紙飛行機が彼の頭を直撃したのだが、彼は「痛っ」と言い、それだけで済みそうな様子だった。

「けしからん奴だ」

ぼやきながら、落ちた紙飛行機を拾い上げた。何が見えたのか、折り目を解いて広げ、そこで動きが止まった。こめかみが青筋立ち、耳がみるみる真っ赤になっていくのを、前列の生徒たちは不安そうに見ていた。飛行機の件を知らずに後ろのほうで騒いでいた生徒たちも、前方のただならぬ気配に声を止めた。

「これは、だれが書いた！」

水を打ったように教室が静まり返った。

「だれが書いたかと、き、聞いておるのだ！」

いつもの我鳴り声と違って、うわずって、つっかえがちだった。

「おまえか」

彼は一番近い者に紙を突き付けた。

「違います」

おまえか。いいえ、先生。おまえか。いいえ。一人ずつ責め上げていっても十八人だが、彼の手間は長くかからなかった。ミンダが、あの、あの、と五回も連発したあと、

「それは、マリアです」

と、言ったからだ。

「マリアとはどいつだ」

誰も口では答えなかったが、視線で答えていた。彼は大股で机と机の間を歩いていき、白目をむき出してマリアを見下ろした。

「おまえがこれを書いたのか」

「そうです、マリアです、先生」

返事をしないマリアのかわりにチカノラが答えると、ナシータも加勢して同じことを言った。非人の子だと思い出した様子の奥野は、マリアの腕をつかんで教室の外に連れ出し、そのままぐいぐい引っ張って北玄関から出ていった。どうなるだろうか、と皆ぞろぞろ後を追い、玄関

から首だけ出して、マリアの連れ込まれた林の中を見守った。レナはポージにすがって足をがくがくさせながら、どうしよう、どうしよう、と言っていたが、ポージの手にも負えないとわかると、サリーの部屋へ駆けていった。

「サリー先生！」

呼んでもノックしても返事がない。校長先生のお部屋かしら、と焦りながら取っ手を回してみると、ドアに鍵がかかっておらず、スッと開いた。中にはサリーがいた。窓辺に寄りすがり、息を詰めた表情で外を見つめていた。そこに何があるのか、サリーの眼差しからすぐに察したレナは、歩み寄ってサリーと並び、背伸びして外を見た。北門の前の林の中で、制服を着たマリアの体が、鈍い音とともに宙に舞い、転がされていた。草むらに倒れるが、すぐに怒り狂った男の次のげんこつがやってきた。立たされて、また転がされる。何回か繰り返されたとき、サリーのぎりぎりの忍耐が切れて、外へ飛び出していこうとした。そのとき奥野の激高がふっと治まった。マリアのほうではなく、枝に引っかけた背広のほうへ手が伸び、その襟をつかんで片方の肩に乗せた。それから顔じゅう汗だくのまま、断固とした足取りで新校舎の玄関のほうへ歩いていった。

「ああ、マリア」

と、矢も楯もたまらずレナが出ていった。サリーはレナのあとに続くことができなかった。次の光景に胸を打たれ、目を離すことができなくなったからだ。マリアは最後の殴打から起き上がると、一本の木に背中を寄りかからせて立ち、こちら側を向いて顔を上げた。サリーの、そして北玄関にいる皆の視線までが、吸い込まれるようにそこに釘付けになった。

求めなくとも知り、探さなくともわかっている、穏やかに見開かれたその瞳は、もう一度見たいとサリーがあんなにも願ったものだった。生徒たちに向けられたのでも、サリーに向けられたのでもなく、人を越え、旧校舎の平屋の屋根を越えて、空へ……いや、もっとずっと遠く、空も越え、世界も越えて永遠を見はるかす眼差しは、ほほえむほどの安らぎをたたえ、それを見る者の心をとらえた。魂の大きさにほかならない、あたたかい光を持った二つの瞳の素朴な距離は、苦しみや悲しみによって、かつて一度も狭められたことがないかのようだ。

人は一生の間に何度、あのような眼に出合うだろうか。人の心を揺さぶり、忘れられない印象を焼き付ける、あのような神々しいほど気高い眼差しに……。

しかし、マリアは長く顔を起こしていられなかった。殴られたために頭から下へ沈んでいき、ひざを折って両手を地面に着いた。サリーは部屋を飛び出していった——


マリアが殴られた理由を生徒たちに問いただすと、紙飛行機を飛ばしたからだとか、その紙に絵を描いたからだ、という返事が返ってきた。

「嘘を言いなさい。マリアが紙飛行機を飛ばしますか」

その組み合わせのおかしさに、忍び笑いが聞こえた。

「でも、ミンダが見ていたらしいわ、先生」ポージが言った。「チカノラもナシータも。目撃者が大勢いるのよ」

「目撃者が？　マリアが紙にいたずら書きして、折って飛ばしたところを見たと言うの？」

「え、ええ、そう……」

サリーに睨まれたミンダが言いよどんだところへ、セバスチャンが廊下をやってきた。校長が呼んでいる、と手の動きで知らせるので、サリーは疑念の目をミンダに向けてから、教室を出ていった。

校長室で、引き裂かれたしわくちゃの紙を校長から受け取り、サリーはつなぎ合わせて見た。こっけいで醜い老人の似顔絵が描かれており、その下に口に出せないような下品な言葉、中でも一番上品なのが『つるっぱげ』であるような、悪い言葉が並んでいた。

「これではミスター・奥野が激高されるのも、無理はないですよ。あの子も本性を現してきたじゃありませんか。マリアを追い出すか、自分が出ていくか、と強気で来られましたが――」

サリーは唇を噛みしめて、苦しそうな表情をした。

「どうしました？」

「これはミンダの字ですわ」

校長室を出て、マリアの休んでいる物置部屋へ向かったところ、鉄扉の陰にミンダが立っていた。いままで見たこともないような冷ややかなサリーの顔に、ミンダがおののいた。

「サリー先生」

サリーが口もきかずに通り過ぎようとするので、慌てて呼んだ。

「先生、怒っていらっしゃるの？」

しらじらしい言葉にサリーの足が止まった。

「何ということをしたの、あなたは。卑怯で、意地悪で、嘘つき——」

サリーの目はきつく細められ、語調は強かった。

「あなたを許せないわ、ミンダ」

「あたしが殴られればよかったっておっしゃるの？」

ミンダは目に涙をためてサリーにすがろうとした。サリーはその手をよけた。

「罪を犯した人が罰を受けるのは当然でしょう。それにあなただったら、あんなに何度も殴られないで済んだわ」

ミンダが息を吸って弁解しようとする前に、サリーは身をひるがえして歩き去った。

ベッドに横たわっているとばかり思っていたマリアは、机に向かって次の授業の準備をしていた。両方のほおが赤く腫れあがっている。

「休んでいなくて大丈夫なの？」

サリーの心配そうな顔つきに、マリアはうなずいたが、その頭は重そうにかしいだままだ。

「あなたはミンダをかばって殴られたのね」

マリアは遠い声で答えた。

「私を打つのに理由は要りません」

「要りますとも！　マリア、あなたはもう奴隷ではないのよ。ここでは皆と同じ、私の大切な生徒です。濡れ衣を着せられたら、私ではありません、とはっきり言いなさい。不当に打たれようとするなら、逃げなさい。おとなしく殴られているなんて、そしてまたつねられているなんて、やめなさい、マリア」

声が高くなってきたとき、ドアが開いた。

「やっぱり」

ミネルが入ってきた。

「サリー先生捜すなら、まず物置部屋でごぜえますだよ、セバスチャン」

ミネルの後ろからセバスチャンが来て、忙しく手と顔を動かした。

「またなの？　今度は誰？」

しかし、それは見慣れないゼスチュアだった。

北門に馬車の止まっているのが、物置部屋の新しい窓から見えた。立派だが非常に古い馬車で、横木に彫られた文字も風雨にさらされ、判読しにくくなっている。マリアは辛うじて『ライナ』と読んだ。年取った御者が新校舎のほうから出てきて、馬車のわきに立ち、北玄関から来るであろう主人を待った。

ワンピースの上にグレーのコートを羽織ったサリーが、急ぎ足に馬車に近づき、わき目もふらず中へ乗り込んだ。馬車は重々しい音を立てて走り去った。午後の授業は歴史だったため、専門とする校長が代講した。

「おや、その顔はどうした？」

その夕方、マリアの来るのがいつもより遅かったので、ノゼッタは説教をたれた。

「どうせほかでも何かさぼったか、悪いことして、ぶたれたんだろ。あんたみたいな怠け者が奴隷だったなんて、信じられないよ。あたしの知ってる奴隷といったら、へえへえ、と這いつくばって、有り難く仕事を頂戴したものさ。こないだもこないだ。いくら先生に呼ばれて、あたしが、ようございます、と言ったって、気をきかして戻ってくるのが当たり前だろう。おかげであの夜は、あたしらが皮むきさ。そしてまた今日は何だい。気が向いた暇なときに、好きな分だけ仕事しよう、なんて了見はご破算にしてもらうよ。それとも、なにかい、鞭で打たれないもんだから、あたしらを甘く見てるのかい？」

「ノゼッタの言うとおりだよ、あんた」タヤが加勢した。「カロイモの皮むきが、あんたに課せられた仕事なんだから、責任を持って一生懸命やってもらわなきゃ困るんだよ」

マリアは両ひざを床について聞かされていた。

「校長先生に言いつけてやろうかね」ノゼッタがしつこく言った。「あのサリー先生が甘やかすもんだから、つけあがるのさ。担任を変えたほうがいい、と忠告してやろうかね」

マリアがうろたえたように顔を上げた。

「へえ。サリー先生の名前は効き目があるんだね」

その夜、ノゼッタらが引き上げてしまってからも、窓から差し込む月明かりを頼りに、マリアは遅くまでカロイモの皮をむいていた。

# 六

怒ったまま行ってしまい、何の言葉もよこさずに幾日も帰ってこないサリーを想って、ミンダは母の死にも匹敵する苦しみを味わっていた。そして次第に、その様子が傍の目にも余るようになってきた。一日じゅうぼんやりし、割り当ての食事に手をつけず、授業で当てられても答えず、いつも一人でふらふら歩き回る。

「あんた、マリアなみに口を閉じてしまったのね」

「二番目のナナイがいなくなってしまったんですものね」

冷やかされても意に介しない。レナが心配して、週末の往復をミンダの馬車に乗り込み、いろいろ話しかけてみるのだが、悩める頭は救いようがなかった。花を木の膿だと言い、鳥の群れを砂ぼこりだと言う。顔の映るガラス窓を怖がり、目の周りに細かい虫がいっぱい飛んでいると言い続ける。

「帰っていらしたら、サリー先生はきっとあなたを許してくださると思うの。今はお祖父さまのことが大変で、私たちのことはみんな忘れていらっしゃるけれども——」

「爆発しそうなの……この胸が……。爆発しちゃったら、すっきりするんでしょうけど……肝心のマッチがないの」

ミンダが同じことを言うのを、レナはもう十度も聞いた。

「何かを捕まえたいの……この手でギュッとつかんでいたい……」

だが、気が狂うまではいかないらしく、誰かが校長先生に相談したため、呼ばれて行ったときには、もう元気になりました、とむしゃむしゃパンを食べてみせた。サリーを好かない父親に知られれば、それ見たことか、とばかりに学校を転校させるだろうからだ。

威勢のいいヘレンに怒鳴られても、他人事のように聞き、『私は腑抜けです』という札をぶら下げて、平気で歩いている。廊下をとぼとぼ歩く。階段を一段一段のぼる。片手を壁に当ててこすりながら、ぶらぶらあてどもなく歩く。心の中から何本も手を出して、辺りを探るのに、何もつかめない。いやな感じの空っぽの気持ち。何の足場も、手すりも、目印もない、ただ霧の中にぽっかり浮かんで、もがいている感じ。泣くことも、笑うことも、考えることもできない、だらんと下がったひと筋の短い糸みたい……。

階段をおりる。またのぼる。廊下をわたる。後ろを振り返ると、マリアが気がかりな顔つきでこちらを見て立っていた。ミンダはカッとなって、拳を振り上げて向かっていった。が、マリアはこの拳を何発でも黙って受けるだろうと気がついて、途中で立ち止まった。自分と同じ制服を着たあのちっぽけな非人が、サリー先生という後ろ盾のある不死身の化け物のように見えてきた。ミンダは顔をくしゃくしゃにして逃げ出した。

サリーの不在は、ミンダに限らずクラス全体に、大なり小なり微妙に影響を及ぼしていた。クラスの仲間が廊下などで出会ったとき、両方とも口を開くが、いつもの『おはよう』が出なくてスイと目をそらしたり、会話の最中に急に、お互いにお互いのことを、こう話してもこんな返事しか返ってこないだろう、と考えて話しやめたりする。苛立ちやすくなり、ささいなことで喧嘩が始まり、仲良し同士の間までぎくしゃくしてきた。心穏やかに日々を送り、希望に燃え、夢を見るのには、何かが足りないような気がするのだ。ミンダの言葉を借りるなら、サリーの代わりに来ているドロシー・ワグロマでは、その穴が満たせない感じがするのだ。

「あの子だけね、サリー先生がいてもいなくても、変わりがないのは」

ある夕方、東の裏庭からカロイモを運び入れるショートパンツ姿のマリアを指して、チカノラが言った。ボールを抱えたネッティは、けだるそうにそのほうを見た。しかし、だんだんその目が光ってきた。

「そうだわ。こんなときにこそ、あの子に慰めてもらわなくちゃ。いいチャンスじゃないの」

ネッティはボールをチカノラに渡して、三年生を指導しているヘレンの所へ飛んでいった。要領のいいネッティは、いち早くヘレンの扱い方を呑み込んだ生徒で、ヘレンをだますことぐらい朝飯前にやってのけた。風邪を引いたらしいので、休んでいてもいいですか、と聞いては、頭ごなしに『ノー』と言われる。それでネッティは、風邪を引いたらしいけれども、休んでいなくちゃいけませんか、と聞いたのだ。ヘレンは、うーん、と唸って考えた後、人のよさそうな顔をパッと上げて言った。

「きょうのところは止めときましょうか。夕食まで体を冷やさないようにして、きょうは部屋にいなさい」

ネッティは残念そうな顔を装って、はあい、と従った。そしてしめしめとばかり、一旦校舎の中へ入って裏玄関から抜け出し、裏庭へ出た。マリアは、馬具の手入れをしているセバスチャンの横の、石造りの大きな蔵からカロイモを持てるだけ、つまり少しかごに詰め、それを炊事室へ運ぶことを繰り返していた。ここそすれば怪しまれるので、ネッティは大胆にマリアの名を呼び、ワグロマ先生が呼んでいる、と伝えた。マリアはカロイモのかごを庭の隅に置き、ちょっと炊事室の窓を見上げてから、エプロンを脱いでネッティのあとに従った。ドロシー・ワグロマの部屋がどこなのか、マリアは知らない。鍵のかかったサリーの部屋を通り過ぎ、鉄扉を越え、ヘレンの見張りのない階段を、導かれるままに三階までのぼったところで、なんとなく様子のおかしいことに気づいた。

「さあ、ここよ」

ネッティは自分の部屋のドアを開けて、マリアを招いた。左側のベッドと、窓の近くの机と、手前のタンスの間の狭いスペースに、丸い敷物が敷いてあった。その上に乱雑に靴下やフルーツの食べかけなどが散らばっているのを、ネッティは急いで拾い集めた。

「いま先生がいらっしゃるわ――あ、いらしたわ」

実際に足音がしたので、ネッティは厳かに姿勢を正してベッドに腰かけ、無言でマリアの分を横に空けた。マリアは入り渋り、足音のする方向を見て、その主を待った。ネッティは立っていき、同じ方向を見るふりをして、いきなりマリアの腕をつかむや、中へ引っ張り込んだ。ドアを閉め、鍵をかけてから、驚いているマリアの顔に笑いかけた。もうこっちのものよ。可愛がってあげるわ、マリア。ネッティに抱きつかれるのを、マリアは体を回転させて逃れた。じたばたしたって無駄よ。ネッティは猫を捕まえる要領で、仕切り壁にへばりついたマリアのほうへゆっくり手を伸ばし、それからサッとつかんだ。しかし、マリアのほうが何倍も敏捷だった。観念しなさいよ。この狭い部屋の中じゃ、いつか捕まるんだから。ネッティは両手を広げて、マリアを部屋の隅に追い込んだ。乱暴なんかしないわ。可愛い体を抱きしめて、それからちょっとキスをするだけ。ね、いい子だから。

マリアに腕を回そうとすれば、下からくぐり抜けられ、ベッドに押し倒すつもりで飛びつけば、身をかわされて、自分だけベッドに転がり込んだ。そこでネッティは毛布を持ち上げ、今度こそ取り逃がすまいと、大きく広げて迫っていった。すると、マリアは窓に走り寄って、ガラス戸を開けた。

「危ない！　何するの！　ここは一階じゃないのよっ！」

ネッティの叫び声に構わず、マリアは飛び降りた。悲鳴を上げ、目を覆い、ネッティはその場に腰を抜かした。

まもなくして、風邪を引いて寝ているはずのネッティが、皆のいる校庭へおろおろとやってきて、ヘレンに助けを求めた。

「マ、マ、マリ、マリ、マリア――」

「マリアがどうしました。落ち着きなさい」

「し、した――死体がないの、ミス・シーズ」

話がさっぱり解せないヘレンは、東の炊事室のほうへネッティを引っ張っていき、その窓に見え隠れする小さな暗褐色の頭を示して、あの子がどうしたのか、改めて尋ねた。ノゼッタに片腕を持ち上げられ、平手打ちを食わされているマリアをそこに見て、ネッティの大きな目が、白黒ひっくり返るほど丸く広がった。

サリーが帰ってきたことは、深夜の寝室から寝室へと伝わり、生徒たちは恋愛感情にも似たときめきを味わいながら、明日の朝を楽しみに、この一カ月来(らい)なかった安らかな眠りへと落ちていくのだった。中に一人、翌朝まで待てない生徒がいた。ミンダは廊下の常夜灯からも身を隠して忍び歩き、鉄扉を開けて出、まっしぐらにサリーの部屋へ突進した。

「どなた？」

なつかしい声を聞いて喉が詰まり、「サリー先生」と呼ぶ声も喉にからまった。

「ミンダなの？　どうしたの。まだ起きていたの？」

やさしい声がする。鍵があき、ドアが開いた。まだ外出着姿のサリーが立っていた。思いつめて見開いたミンダの目に、サリーは首を傾げて微笑みかけた。

「ただいま、ミンダ」

ミンダは顔をくしゃくしゃにしたかと思うと、サリーの胸の中へ飛び込んで、ひきつけを起こしたように激しいむせび泣きを始めた。

「どうしたというの、ミンダ。そんなに泣かないのよ」

「だって――だって――先生ったら――怒ったまま行ってしまったんだもの――だから、あたし――だから、だから――」

「そうだったの……それは悪かったわ」

夢中で抱きついてくるミンダの腕をほどいて、長椅子に座らせ、ぶるぶる震えている肩を抱いてやった。

「そう、思い出したわ。私がいない間マリアに意地悪しなかったというなら、許してあげましょう」

ミンダはいきなり顔を上げて、噛みつくようにサリーを睨んでわめいた。

「先生はどうして、マリア、マリア、と言うの！　マリアなんか、大嫌いだ。あたしがいじめてやる価値もないわ」

サリーは空いている手でミンダの我が儘なあごをつかみ、濡れしょぼれた目をこちらに向けさせた。

「考えてごらんなさい。あなたにはお母様がいないけれど、お父様がいらっしゃるでしょう。マリアにはお母さまもお父さまもいないの。いままで誰にも親切にしてもらったことがないのよ。それをどう思って？」

「あの子、奴隷だったから慣れているのよ」

「悲しみに慣れるの？」

「マリアには悲しみがよく似合うわ」

このとき急に思いがあふれてきて、サリーの目が漂い出した。ミンダは両手を広げてサリーに抱きつき、その胸に顔をうずめた。

「サリー先生！　サリー先生！　あたしのことを考えて。あたしはかわいそうな子なの。マリアよりもずっと――ああ、助けて」

サリーは我に返り、ミンダを見た。背中を叩いてやりながら、こんな甘ったれではとても二年生に進級させられないから、クニリス・ウーレントン先生に話して引き取ってもらいましょう、と言った。ミンダは気が狂ったように、いや、いや、を二十回も連発して、最後に聞いた。

「本気ではないわよね、先生？」

「どうかしら」

そこでまたひと騒ぎ起こし、落ち着かせるのに三十分もかかったのち、やっとのことで新校舎へ帰した。一人になるとサリーは服を着替え、寝る前にもう一度、机の上の請求書や借用書を計算してみた。そして、深いため息をついた。

サリーはクラスのみんなの顔を見渡して、自分が待たれたこと、自分の帰りが皆を喜ばせていることを感じた。お留守中つまらなかったわ、先生。なぜ喪服をお召しにならないの？　先生もマリアと同じ孤児になったの？　ありがとう、チカノラ。かわりに黒いブローチをつけているのよ、ネッティ。そうね、ナシータ。サリーは通路を歩いて一人ひとりに答えながら、ノートをのぞき込み、この一カ月の各人の勉強の進みぐあいを見て回った。座高の高いジャネスの後ろに隠れるようにして座っているマリアは、サリーが近づいても下を向いたなりだった。しかし、その肩が、あるかなしかにふるえているのを認めて、サリーはゆっくり通り過ぎた。折り返してレナの横まで来ると、足を止めた。

「レナ」

レナは顔も上がらないほどコチコチで、耳のつけ根まで真っ赤になっていた。

「どうかしたの？」

レナが何も言わないので、後ろのポージが答えた。

「サリー先生のお姿を見て、感極まっているんです。ワグロマ先生に二回も叱られて、立たされたんですもの」

「レナが？」

休み時間にレナを呼んだ。易しい単語の綴り字を思い出せなかったために、黒板の前に立たされたという。

「度忘れ、って誰にでもあるものでしょう？」

レナは珍しくサリーに甘えて訴えた。

「それなのに、クラスじゅうに公表して、私を恥ずかしい目に遭わせたの。二回目はチョークを折ってしまっただけなの。それだけで、立っていなさい、とおっしゃるんですもの、いっぺんでワグロマ先生が嫌いになってしまったの。サリー先生だったら、絶対にそんなことなさらないのに」

「あなたが度忘れやちょっとした失敗を許してもらいたいように、いずれワグロマ先生もお気づきになって、自分の思い違いや一時の感情を許してほしい、と思うようになると思うのよ、レナ。先生も、あなた方と同じ人間なの」

「ええ……でも……先生方には、半分神様でいてほしいの。みんな、サリー先生のように」

「私も人間なのよ、レナ。人間だとわかったときに、がっかりしないでね」

サリーが笑って答えるのを、レナは身震いし、どんなことがあってもサリー先生にがっかりすることはない、と断固として言った。

ヘレンからネッティの寝ぼけ話を聞いた。簡単にヘレンはごまかせても、サリーをごまかすことはできない。いろいろな意味を込めて、サリーは金曜の夕方を待った。


「これからデートでいらっしゃるのね？」

美しい声に、小走りのサリーはハッとして立ち止まった。濃いグレーのサングラスに、緩やかなウェーブのあるつばの広い白帽子を被ったシモーヌ・エヌアが、北玄関を入ってくるところだった。いいえ、とサリーは素直に答えようとしたが、シモーヌの言葉が皮肉なのかどうか見極められなかったので、口を開かなかった。

シモーヌの後ろにバーバラ・ゴスがいた。バーバラの縁なしのサングラスはピンクがかっていて、頬紅とよく合い、校長と同年代だったが、お嫁に行く準備をしている二十代の娘といっても通るほど、愛らしい感じがした。校長のお気に入りの教師で、臨時でなく常任にしたがっているのだが、子供が五人とも自立したため、今度は自分の人生を楽しみたいと、週二日以上のレッスンを持ちたがらない。彼女はサリーが好きで、会えばよく話しかけてきたが、めったに会うことはなかった。

シモーヌ・エヌアのほうは、もう少し年が下だ。薄化粧でも白い肌の小じわが皆隠れてしまい、やはりその年には見えないが、心身両面から染み出る熟した美しさは、四十以下では出せないものとぐらいはわかる。彼女のほうはサリーを好いているのかどうかわからない。ただ若いサリーの知性、容姿、身のこなしには、年上の者が年下の者に抵抗なく抱ける以上の、並々ならぬ敬意を払っていた。

「そんなに警戒なさらなくてもよろしいのに」

シモーヌはサングラスを外し、社交的な笑みを浮かべて言ったが、その細い目の奥にはやはり何かがあり、どこか誘惑的な含みのあるのが感じられるのだった。

「あまり心楽しそうに走っておいでなので、これから恋人にでも会いにいらっしゃるところかと思いましたわ。静かな金曜のゆうべですもの」

目を見つめて心を読もうとするシモーヌの意図は、サリーの開き直りによって成功しなかった。

「物置部屋へ行くだけですわ」

「これから私たち、映画を見に街まで出ますの」バーバラが無邪気な声を出した。「めったにないミュージカルが来ているんですって。ご一緒にいかがかしら？　帰省は明日でしょう？ね、ぜひ――」

「お誘い、ありがとうございます。でも、ごめんなさい、祖父を亡くしたばかりなので」

サリーはそそくさと二人に別れ、急ぎ足で廊下を左へ曲がっていった。

金曜の午後は皮むきの仕事がほとんどないため、マリアはミネルの仕事を少し手伝ったあと、一週間分の復習をする。ひと月ぶりにサリーの来訪を受けても、マリアは喜んでいるふうには見えなかった。教師としてでなく友達として自分の部屋に招きたい、というサリーの控えめな頼みに、構われるのが迷惑なのかと思うぐらいに、後ろを向いて、

「行かなければいけないでしょうか？」

などと聞くのだ。

「勉強の邪魔をして悪いんだけれども……」

断られると思っていなかったサリーは、自分が良くない誘惑でもしているかのように口ごもった。

「ほんの三十分でも付き合ってくださったら……私、うれしいのだけれど」

「ほかの方はどうなのでしょう？」

「ほかの？　……なぜそんなことを言うの。誰かに、何か言われたの？」

沈黙するマリアの表情から読み解くしかない。だが、それは容易に読み取れた。

「私とあなたのことを嫉妬する人がいるのは、知っているわ。でも、私はそうは思わないのよ。ほかの生徒のことも十分見てあげているわ。新しく入ってきたあなたに費やした時間なんて、

この四カ月間ミンダに寄り添ってあげた時間の、百分の一にもならないでしょう。それにあなたとお話するのは、たいていみんなが帰省した金曜日の夕方や土曜の朝ですもの。あの双子はお互いにおしゃべりしても、他の人とおしゃべりするところはほとんど見ないし――ああ」

サリーは炊事室の方角へ目をやった。

「タヤとノゼッタのことは、私、あまり知らないの……そう。あの人たちに何か言われたのね。私から離れていなさい、って言われたの？」

タヤとノゼッタの言葉はもっとひどかった――あんたとサリー先生は、二人でひっついて離れないそうじゃないか。みんな、噂してるよ。奴隷あがりのくせに図々しいんだよ、あんたは。皮むきじゃ怠けるのに、先生の前じゃいい顔ばっかりして。サリー先生もサリー先生さ。今までえこひいきする先生じゃなかったのに、あんたが来てから、物置部屋に入りびたりだってさ。あんた、少しは遠慮をおし――

「危篤の知らせを受けてから、祖父を看取って、お葬式の段取りや、財産や借金のこと……この一カ月は大変だったの。でも、何より私が耐えなければならなかったのは」

そこで言いやめた。耐えなければならなかったのは、あなたに会えなかったことだ、などと言ってしまっては、おかしな誤解を生む。夢の子のことをマリアに話してはいない。マリアと出会った日から、不思議なことだが、サリーは夢を見なくなっていた。つまり一カ月間も、マリアという〈夢〉なしの夜を過ごしてきたのだ。いま、無性にマリアと話がしたいと思う。

「私、ひとりぼっちになってしまったの。あなたと同じ天涯孤独の身になって……マリア、あなたとお話がしたくてたまらないの。そう望むのは、そんなに良くないこと？」

マリアは先ほどから顔を上げてサリーを見ていた。そして静かに机の上の本を閉じた。わかりました、という承諾に見えた。サリーはマリアが後ろについてくるのを確かめながら、北玄関に人がいないかチラッと見回し、その先の自分の部屋へ向かった。

ほぼ四年前、サリーがここへ到着した日は、嵐は過ぎ去っていたものの、馬車が前に進まないほどの強風がまだ吹き荒れていた。どうにかこうにか着いてみると、新校舎のわきの大木が倒れており、サリーのために用意された部屋の窓ガラスを突き破っていた。めちゃめちゃになった中が整えられ、新しくガラスが入るまで、急きょ真ん中の木造校舎の部屋が準備された。一時的にそこで暮らすことになったのだが、サリーは北側の窓から林の見えるその木造の部屋がすっかり気に入ってしまい、新校舎の部屋が修理し終わっても動かなかったのだ。それで、サリーの部屋だけ木造の中校舎にある。上の講堂が使われるときにうるさかろうと、両隣の空き部屋がときに不気味であろうと、旧校舎に住む使用人たちが足音高く盛んに行き交おうと、サリーは冷たいコンクリートよりも木の感触が好きだった。

テーブルの上にはランプでなくロウソクが灯り、そのわきに白い野花が飾られ、水の入ったグラスが二つ置かれていた。北窓からは涼しい夕風が入り、奥のベッドを仕切るブルーのカーテンをわずかに揺らしていた。ドアの横に立ったままのマリアに、ベッド側の長椅子を勧め、サリーはドア側の、簡単なお茶道具のある蛇口を背にした長椅子に座った。

「せめてジュースでもあればいいんだけれど」

マリアは場所見知りしてなのか、まだドアから離れなかった。サリーはロウソクの火が揺れるので、窓を閉めに立った。

「座ってくださらない？　お水でグラスを合わせましょう」

サリーは座りながら、もう一度向かい側を手で指したが、マリアは動かなかった。

「私のために、少しだけ」

ロウソクを見つめ、マリアを待ちながら、物思いに沈んでいった。

「お話を聞いてくださらないかしら……」

この一カ月間の疲れと悲しみから、声が途切れた。するとマリアの影が動き、勧められた長椅子のほうへ近寄っていった。サリーはそのほうを見ずに、ゆらゆら揺れる光を見つめたまま、低い声で話し始めた。イギリスの落ちぶれた旧家のこと、この国へお金儲けに渡ってきた祖父母のこと、麻畑を作りながら一人息子を育て、イギリスへ帰国させて大学を出させたところ、同級生と一緒にこちらへ戻ってきて事業を始めたこと、やがてその息子が旅行中の英国の娘を見初めて結婚し、自分が生まれたことなどを語った。

「あなたはたぶん、寒い冬のことを知らないわね。中学校へ上がる前に、一度イギリスへ連れられて行ったことがあるの。父の事業が軌道に乗って成功し始めたころだわ。船の中で、いくら服を重ねて着ても寒いので、どこかの商人の小舟からセーターを買ってもらったのだけれど、それでもまだ寒いのよ。イギリスにいた間じゅう震えて過ごしたわ」

マリアはいつの間にか長椅子に座って、サリーの話を聞いていた。

「誠実で厳格で優しい父が、私はとても好きだったわ。一生懸命勉強をして父の期待に応えようとしていた矢先に、父は倒れたの。事業のトラブルの心労が原因だって、お医者さまがおっしゃったわ。結局助からなかったの。そして父の一周忌を待たずに、母も……。

そのあと祖父母に引き取られたの。でもその時すでに、経営不振だった麻畑は安値で買いたたかれてしまっていたのね。祖父が亡くなってみて、そのころの大変な借金が、今もまだかなり残っていることがわかったの。祖父は自分の生命保険で払えばいいと考えていたらしいわ。確かに大きな保険に入っていたのだけれど……二カ月前に切れていたの」

サリーはグラスを手にしながら、一生懸命理解しようとしているマリアのまなざしに、あなたにこんなお話をしてごめんなさい、と謝った。

「自分ではわからないかもしれないけれど、私が甘えられるような大きさを、あなたは持っているのよ。でも……昔から夢見てきた或る人と、私の頭の中でごっちゃになっているのかもしれない……」

マリアの混乱した表情を見て、サリーは自分の考えを振り払った。

「そう。あなたはきっと、合わせ方なんてわからないわね。ではね、ただグラスを持って、少し上にあげてくださる？　私がグラスを近づけて、合わせてみるわ」

時間をかけて待っていると、マリアの手が恐る恐るグラスにかかり、やがて持ち上がった。一つの動かないグラスに、もう一つのグラスが近寄っていき、そっと縁が合わさった。

「ありがとう、マリア」

心の中の何かが吹っ切れたようだった。そのあとは教師らしい口調を取り戻して、話題を変えた。

「で、なぜ三階から飛び降りたりしたの？」

マリアはびっくりしたように顔を上げた。

「ネッティに何をされたの？」

サリーはグラスを置いて、真剣な顔で尋ねた。マリアは下を向いて言った。

「私に同情していらしたら、きりがありません」

予期していなかった言葉を聞いて、サリーは一瞬声が出なかった。マリアが続けた。

「昔から、私のような者はいつも、からかいやいたずらの対象でした。それは当然受けなければならない試練でした」

「そんなにいたずらされてきたというの？」

辛抱強く待っていると、やがてマリアが話し出した。

「いまから考えると、幸せなことに、私が耐えなければならなかったのは鞭だけでした。ご主人様が守ってくださったからです。いま私にはご主人様がありません。自分の身は自分で守るよりほかありません。そんな姿は、先生がお気にかけてはいけないものです」

なんということを言うのだろう！

「とんでもない！　気にかけますとも！　私の生徒である限り、悪質ないたずらは許さないわ。『ご主人様』がいないかもしれないけれど、そのかわり今あなたには、私という『担任の先生』がいるの、マリア。いつでも私に助けを求めなさい。私がそばにいないときには――」

そこでサリーは、これまで考えてきたことを提案した。いつも一人でいないで、友達を作ることを勧めてみた。そしてこのひと月の間に誰かと口をきくようになったかどうか、尋ねた。きっと下を向いてしまうに違いない、というサリーの予想は外れた。

「私のお友達――」

マリアの目が輝き始めた。

「最愛のお友達。小さいときからの、かけがえのないお友達。それは森です」

すばらしい自然。白い花の中に、エサをつつくくちばしの中に、青空をおおうこずえの中に、木の葉から落ちる滴の中に、ひんやりした樹液の香る大気の中に、ひそむ森の精。

「私の永遠のお友達です。決して裏切ることのない……」

あなたこそ森の精だわ、マリア。人間たちはあなたよりも小さくて、卑劣で、醜くて、つまらない――サリーはこの一カ月間の、電話や書簡によるイギリスの遠い親戚同士の争いを思い出していた。一文の遺産もないばかりか、莫大な、少なくともサリーにとっては半生涯かかるほどの借金があることを、ようやく納得すると、皆スッと身を引いてしまった。

「あなたが森で遊ぶ姿を知っているわ。夢の中でいつも一緒に遊んでいたのですもの」

うっかり言葉にしてしまい、マリアが面食らうのを見て、自分の失言を笑った。

「学校の前のあの川をずっと上っていくと、ちょっとした森へ入っていくわ。私、行ったことはないんだけれど、あした川沿いに少し歩いてみましょうか？　どお？」

マリアのうれしそうな表情を見ると、あなたは間違いなく天使だわ、とサリーは毎回思うのだった。

「あなたにプレゼントがあるのだけれど」

だいぶ時間がたってしまい、マリアを帰さなければならなかった。プレゼントと聞いてマリアが委縮するのに構わず、サリーは一冊の薄い詩集を見せた。

「プレゼントがいやなら、貸してあげるのでもいいわ」

有無を言わさず渡されたマリアは、それを胸に抱えて物置部屋へと帰っていった。

雨季に入る前の晴れ渡った土曜の朝、双子とマリアを連れて川沿いの道を上っていった。双子のうち姉のほうは快活で、おてんばだったが、それがときどきサリーには、逆境の悲しみから妹を紛らしてやるための芝居のように見えた。父親がアメリカ船に乗り、母親が浮気をしているので（校長から聞いた話である）、夏とクリスマス以外は家へ帰らないのだ。妹はぴったり姉に付いて無邪気に振る舞い、何でも姉のまねをしている。仕草まで同じなので、特別に胸に付けている名札に頼らなければ、見分けがつかないことがたびたびあった。二人して、何か外国の話をしてくれとせがむので、寒いよりほかにあまり覚えのないサリーは、本の知識を話して聞かせた。マリアは三人の後ろからついてきている。双子が振り返ると、マリアは布靴を脱いでショートパンツに挟み、裸足になっていた。それを見て、双子は眉に皺を寄せて、野蛮だわ、と言い、サリーは笑って、羨ましいわ、と言った。ああおとした葉を広げる森が、小高い丘の向こうに見えてきた。そこへ一陣の風が吹き抜けたかと思うと、マリアの姿がなかった。双子がキョロキョロ捜しても、地面には足跡さえない。

「あの子、空高く飛んで行っちゃったんだわ」

さもあろう、とサリーは思った。やがて森の近くまでやって来ると、川のそばの大石に腰かけて、マリアを待つことにした。おとなしい子かと思ったら、あたしよりもおてんばだわ。でも、あの子、おそろしく可愛い子だわ。非人の子でなければ、お友達になるところよ。あら、知らないの？　ある三年生がマリアに目を付けて、チョコレートをあげようと廊下で声をかけたんですって。ところがマリアは下を向いて受け取りもしないし、口をきこうともしなかったんですって。サリー先生とはよく話すのにね。気難しい子なんだわ。

そのあとは、二人だけの尽きないおしゃべりを、サリーは隣でただ聞いているだけだった。

指の先に細長い草をからめ、ちょっと折り目を入れて編み、できたものを流れに浮かべて遊びながら、双子の話の半分は右から左へ抜けていった。最近校長先生がひざをかばいながら歩いていること、ジュラシア・アロビー先生がいま付き合っている男性のこと、旧校舎のノゼッタが新校舎のウィバと大げんかしたこと、ミス・ヘレン・シーズの化粧をしない顔が近ごろ一段と日に焼けて黒くなったこと、そのミス・シーズ、一つ気がかりなことがあるとつぶやいていたこと、それは十四のマリアに——

「あれ、何かしら」

と、双子が騒ぎ出した。向こう岸を野生の仔馬が森を出て草原を走ってくるのに、サリーはさっきから気づいてずっと見ていた。仔馬の背中に人が乗っており、近くまでやってくると、ひらりと飛び降りた。

「マリア。どうやってこちら岸へ渡ろうというの?」

その言葉が終わらないうちに、マリアは軽々と川を飛び越えてしまった。双子が歓声をあげた。

「あなたを叱っていいのか、褒めていいのか、わからないわ」

「やめてっ!」

姉がマリアの真似をしようと川に向かって走り出したので、妹が叫んだ。叫んだ拍子に足を滑らせて転んだ。姉の方は実際に飛んでみる気はなく、川岸ぎりぎりのところで踏みとどまった。そして身を屈めて、流れずにクルクル回っている結び草を拾い上げた。

「まあ、これを見て。『思いが通じるように』という結び方だわ。いまサリー先生が流したものね。誰か好きな方がいらっしゃるのね、先生。サリー先生に愛されるなんて、何て幸せな人かしら」

サリーは転んだ妹のほうへ駆け寄っていた。異変に気づいてやってきた姉に、大丈夫、たいしたことない、と妹が言った。軽い捻挫らしい、とサリーは判断し、立たせるために肩を貸した。真っすぐ歩けばちっとも痛くない、と言うので、皆ゆっくり歩いて帰途につくことになった。マリアはショートパンツに挟んだ布靴を取り出し、足裏を払って履いた。

「ミス・シーズは、マリアのことを何ておっしゃっていたの？」

サリーが双子に聞いた。

「十四になるのにマリアにはまだ生理が来ないので、心配しているんですって。あと一人、ミンダもまだだそうだけど、ミンダはまだ十二歳だから、これからだろうけど、って。生理が来ないと、将来赤ちゃんが出来ないとおっしゃるの。先生、それって、本当？」

「ええ、そうね」

「あたし達、赤ちゃんは絶対欲しいわね、って話しているの。ネッティは要らないんですって。うるさくて面倒くさいからですって。先生は？　赤ちゃん、欲しいと思われる？」

双子の姉が妹の片方の腕を軽く支え、サリーがもう片方の手を取って歩くので、サリーの左側が空いていた。そこへ来るように、サリーが後ろのマリアに眼差しで示すのだが、マリアはうつむき加減にとぼとぼついてくるだけだった。

「先生ってば」

「ええ。私……赤ちゃんのこと、欲しいと思わないわけではないのよ。でも、その前に結婚しなければならないでしょう。私は男の人に嫌われてしまうことが多いの。あるいは、私のほうがその人を嫌いになってしまったり……。最初は気が合って仲良くしていても……なかなか思い通りにいかないことが多いのよ」

見ると、いつの間にかマリアが左側に来ていて、サリーの言うことに耳を傾けていた。

「こんなお話、小さなあなた方にするなんて、おかしいわね。あなたには栄養が足りていないのかしら、マリア。それとも、これまでさんざん体を痛めつけられてきたから、だから生理が来ないのかしら。とても心配だわ。あなただって、赤ちゃんが欲しいと思うでしょう?」

マリアは横に首を振った。

「欲しいと思わないの? でも、赤ちゃんて、かわいいと思うでしょう? あなたなら、きっと将来素敵な男性に愛されて、とてもいいお嫁さんになると思うわ。いったいどんな人の所へ行くのかしら」

そう口にしてしまったが、マリアの将来を考えるとき、果たして幸せになるだろうかと、サリーは心臓が凍える思いをするのだった。解放された子供たちの、本当だろうかと耳を疑うような噂が、ちらほら聞こえてきている。

「私は、そういうことに憧れを抱いていません」

マリアが言った。いまはもう男女の闘いだというウェリの言葉を信じるほど幼くはなかった。

サリーだけに聞こえるような密かな声で続けた。

「いままでに何度も見てきました。植え込みの陰や、暗い部屋の隅、明るい食堂の中でさえ、いやがる女の人が男の人に羽交い絞めにされて犯されるのを。荒い息をし始めた男の人を誰も止めることはできません。ご主人様の鞭のほかには」

さらに声を落とし、たとえサリーに聞こえなくてもいいと思っているように、続けた。

「この体が誰にも汚されずに、神様の所へ行けますように。いつもそう祈っています」

かすかな声をサリーは聞き取った。私も一緒に祈るわ、と言おうとしたが、ひそひそ話に反応した双子が覗いてきたので、言えずに終わった。

「サリー先生は、ご結婚なさったら、この学校を辞めてしまわれるのでしょうか?」

それこそ、たった一つ聞いておきたいことだというように、マリアが尋ねた。

「ああ、マリア、辞めたりしないわ。教師という仕事は私の生き甲斐ですもの。あなたのような――あなた方のような純真な生徒に囲まれて生活できるというのは、私にとって、それはそれは大きな喜び、この上ない幸せなの」

それに私は一人で生きていく覚悟を決めているの、ということはつけ加えないでおいた。話題を変え、マリアにオルトの話をさせた。そして、同じ一人の子供を見て、二人の人間が『マリア』と名付けたのだと知った。ジェームズに文字や数字を習ったこと、また十歳のころ、短い期間小学校に通わせてもらって教科書を手に入れたことなどを、言葉少なにマリアは語った。解放後の二年間のことも、サリーは尋ねてみた。

「二人きりのときにお話しします、サリー先生」

ここそこそした二人の会話に、また双子が関心を持ち始めたからだ。

学校に戻って昼食後、サリーは家を売りに出すため、残っている手続きや整理をしに、再びニワースへ帰っていった。

# 七

月曜の朝、それどうしたの、と聞かれて双子が捻挫の話をしたことから、四人の土曜の散歩が知れ渡った。授業の始まる前にマリアは取り囲まれ、サリー先生を独占するな、と小突き回された。ポージはレナの頼みを蹴った。

「みんなはマリアをいじめてるんじゃないわ。当然のことを言っているのよ。考えてごらんなさい、レナ。マリアが来てから、クラスはもめ事が絶えないじゃないの」

「それは、マリアのせいばかりじゃないと思うんだけど。お願い、ポージ――」

チカノラの合図があり、皆マリアを放って席に着いた。マリアが汚された制服を払っているところへ、サリーが入ってきた。

「ひと暴れしたというわけね、ナシータ」

ナシータが汗をかいているのを見て言った。

「あなたは何を考えているの？　ミンダ」

共犯者たちはドキッとした。ミンダは隠し事が下手な子なのだ。マリアに意地悪してやる方法を考えていたので、案の定しどろもどろになり、あのあの、と吃った。しかし、ミンダが白状する前に、とんでもない事件が起こった。

突然身を引き裂かれるような悲鳴が上がったかと思うと、後ろの生徒たちが両手を上げて逃げ惑った。何事が起こったのか、前のほうの者にはしばらくわからなかった。

「く、く、くま！　熊っ！」

今度はナシータが吃った。みな一斉に校庭側の窓に目を走らせた。真っ黒い獰猛な熊の顔が、窓いっぱいにあった。ドアを開けて入って来ようとしており、サリーの心臓が止まった。机の間を走っていこうとすると、無我夢中でこちらへ逃げてくる生徒たちが抱きついてきて、身動きが取れなくなった。

「離しなさい」

て入ってきた。

と言ったが、自分が何を、誰をかばおうとしているのかわからなかった。熊はドアを開け、黒マントを翻し、柄の太い革の鞭を振り回しながら、ほかの者には目もくれず、ただ一人を狙っ

マリアは立ち上がっており、万感の思いを込めて、マーガレットを見つめていた。顔や腕は黒人のように黒く、体重もあのころよりは増えて、元気そうだ。足を踏み出す前に腕の付け根から前へ動き始める、という身に染みついた男っぽい、威張ったマーガレットらしい動作も変わらない。近寄りながらマーガレットもまた、マリアの背がいくらか伸びて大きくなったのを、上気した顔が言うに言われず愛らしいのを、口元を緩めて眺めた。しみじみと見つめ合う二人の間には、他人が割って入れないような強い絆が感じられ、サリーは戸惑って立ち止まった。

「制服を着ておるのか」

歯の鳴る音が響き渡るほどの、張りつめた静寂が、マーガレットの一見穏やかな声で破られた。

マリアは涙ぐみ、手を伸ばして、恐らくマーガレットの許しを請おうとしたのか、近づいていった。途端に猟銃のような音がし、マリアが撃たれたように倒れた。続けさまに何度もその背中に鞭が打ち込まれた。生徒たちは怖がって泣き叫び、サリーの声はかき消されて聞こえない。小さな背中を目がけて無慈悲な鞭が振り下ろされると、ひと回り大きい背中に当たって食い込み、薄い空色のワンピースを汚した。サリーがマリアの上に自分の身を投げ出したのだ。

「どけっ」

「いいえ。ここは教室です。どなたといえども、私の命令を聞いていただきます。暴力は許しません。マリアはもうあなたのものでも、あなたの奴隷でもありません。ここから出ていってください！」

「どかねば、おまえを打ってやる」

「お打ちになればよろしいでしょう」

サリーの下でマリアが動いた。

「サリー先生」

その声には、姉妹喧嘩に割り込まないでください、という非難めいた響きがなかっただろうか。サリーは起きてマリアを立ち上がらせ、自分の後ろにして、マーガレットを正面から見据えた。

「この子は、お国が託した公立の孤児院からの預かりものです。私物のように鞭を当てれば、罰せられるはずです。授業中の教室に不法侵入したことも、罰せられて――」

「黙れ！　そいつをよこせ。その子はおれのものだ。リミ！　来い！」

マーガレットが手を伸ばしてくるのを、サリーは自分の身で遮った。

「奴隷制は解かれましたのよ。すべての奴隷はお国の保護下に置かれています。ここにいるのはあなたのリミではなく、私の生徒のマリアです。お願いですから、お帰りください」

自分の後ろからマリアが少し左へずれ、再びマーガレットと目を合わせているのをサリーは感じ、二人の視線を断つことができない歯がゆさに苛立った。マーガレットは何の目的か、片足で近くの椅子を蹴とばした。サリーが気を取られた瞬間、マーガレットは下から床に平行に鞭をひと振りした。そのひと振りは、サリーの長いワンピースの裾を微動だにさせずに、マリアの足を絡めとることができた。たちまちマリアは床に倒され、引きずり出されてマーガレットにひと抱えにされた。

「やめて！」

叫んだサリーの腰に鞭が飛んできて、よろめき、後を追って外へ出たときには、マーガレットは一散に東門に向かって走っていた。ちょうどそのとき、門を入ってくるセバスチャンの姿が見えた。

「その人を出さないでっ！　セバスチャン！」

サリーは声を限りに叫んだ。あまりに遠くてその声は届かなかったが、マーガレットの殺気立った様子と、その脇に抱え込まれたマリアを見て、セバスチャンは事態を把握し、両手を広げて通せんぼした。

「どけっ」

マーガレットが鞭を鳴らすと、セバスチャンは間髪入れずに体当たりをかけた。マーガレットがひるんだすきに、持っていた手のひらに乗る大きさの枝切りばさみの柄で、彼女の頭を殴った。マリアが転がり落ちた。セバスチャンがもう一度殴ろうとすると、マリアが彼の足に抱きついた。片膝をついたマーガレットは頭を押さえ、鞭の柄を杖がわりにして立ち上がった。

「おれと一緒に来い」

セバスチャンの足元のマリアに呼びかけたが、そこへ、サリーがやってきた。

「行かせません！」

セバスチャンからマリアを引き取って、サリーが言った。しかし、マリアが、ついていきます、などと言い出すのではないかと、一瞬不安がよぎった。

「来い、リミ。来るんだ」

マリアは涙の中から、必死に首を横に振った。マーガレットが一歩踏み出すと、セバスチャンも勇ましく一歩踏み出し、サリーはマリアをしっかり庇って後ずさりした。セバスチャンの盛り上がった肩の筋肉と枝切りばさみは、マーガレットの鞭を萎えさせた。

「覚えておれ」

マーガレットは門から出ていき、まもなく茂みの向こうで馬車の走り去る音がした。

「どうもありがとう、セバスチャン」

いつも門には錠を下ろしておくよう、くれぐれも彼に頼み、サリーは身体じゅうの力が抜けたようになって、マリアのほうを向いた。

「あの方に思いがあるのね」

汚らわしいものを愛する変質者にでも言うような口ぶりだった。

「なぜ？　鞭で打たれながら、なぜあの方に？」

サリーの詰問がマリアには理解できず、素直に返答するほかなかった。

「お姉様が生きていらしたので、うれしいんです」

「あの方を、お姉様と呼ぶの？」

二人はそれぞれ違う理由で、途方に暮れた。マリアが口を開こうとしたとき、サリーはそれを止めた。

「いいわ。いらっしゃい」

自分のような者に身を投げ出されるなんて、と言おうとしたに違いないのだ。今はそんなことを聞きたくなかった。マリアのほうは、何かわからない冷ややかさが感じられるサリーの言葉を、そのまま自分の素肌に受け入れた。

興奮した教室を鎮めて授業を再開するのに、サリーはひと汗かかなければならなかった。そして一回受けただけなのに、鞭の痛さがずっと背中に張り付いていて、こんな仕打ちに耐えながら、どうしてあんなケダモノに思いを寄せることができるのか、と全く理解に苦しむのだった。

授業が終わって部屋に戻り、ワンピースを脱いだ。背中と腰に一文字の傷が付いている。戸棚から別のワンピースを出して身につけていると、ノックがあり、校長の声がした。

「セバスチャンから聞きました。何事があったのです？」

あんな大騒ぎがあっても、旧校舎の出来事は新校舎まで伝わらない。校長は足を引きずりながら中に入った。

「どうなさいましたの?」

「ひざが痛むのですよ。年ですね」

サリーは手助けして長椅子に座らせ、いまの事件のあらましを説明した。

「マーガレット・ホルスという人物については、耳にしたことがあります。恐ろしい奴隷虐待者だったというではありませんか。このままでは、またやってきてもおかしくありませんね。ほかの生徒の身の安全を考えると、孤児院に話して、マリアを引き取ってもらったほうがよさそうに思いますがね。どこかもっと都会の、警備のしっかりした学校へ移してやったほうが絶対にいいと、私は思うんですよ」

何かにつけて校長はすぐ、マリアをここから追い出したがった。

「あのマーガレットという人は、マリアだけが目当てなのです、校長先生。ほかの生徒には手出しをしないと思いますの。マリアには、私がこれから十分に気を付けていきます。セバスチャンもいてくださることですし、生徒たちの安全は保たれていくと思いますの」

雨季が始まった。スコールが多くなって校庭のあちこちに水たまりができ、昼休みや放課後に外で遊べない生徒たちが、サリーの部屋の上の講堂でボール投げをするようになった。走る音、ジャンプする音、転ぶ音、ボールが弾む音、笑い声、怒鳴り声などがもろにサリーの部屋に響いてくる。そのためこの時季、サリーは教師専用の食事室で過ごすことが多くなる。近づく学年末テストの準備をしたり、翻訳の仕事をしたり、たまには自分のための勉強をしたりする。

「よくそんなに本にばかり、おっかぶさっていらっしゃれること」

クニリスが通りかかり、サリーの頭の上から皮肉まじりに声をかけてきた。

「学校の仕事が終わったら、私はレース編みか、小鳥の世話ぐらいしかやる気が起きませんわ。あなたはこんな所でくすぶっているより、学者か何かにでもなったほうがよろしかったのではありませんか？」

雨のせいか、校長のひざのぐあいも悪くなり、校長室と寝室のせいぜい十数メートルの往復が、唯一の運動となった。

そんな雨季の真っ最中に、生徒たちを活気づける目的で、毎年パーティ形式の合同親睦会が催される。この年もサリーの部屋の上の講堂が会場に使われ、この日のために描いた生徒たちの絵が飾られてレコードが鳴らされた。規律を守り、勉強に励み、健康に気をつけ、人に意地悪をせず、父母を敬い、学びの園を忘れないこと、といった校長のいつもの挨拶が終わると、生徒たちは夕食会になるまで椅子取りゲームやフォークダンスに興じるのだった。

会場で、サリーは窓の近くの椅子に座って、雨の校庭を見たり生徒たちに顔を向けたりしていた。

「こちらに引っ越してきてしまいましたわ。蓄音機のそばの席で、耳がおかしくなりそうでしたの」

シモーヌ・エヌアがやってきて、サリーの隣の椅子に腰かけた。質素な薄いブルーのワンピースをさりげなく着こなしているサリーと対照的に、ナイトクラブ用かと思われるほど場違いな、大胆に胸を開けた紫色のロングドレスに豊満な身を包み、ネックレスやイヤリングを光らせている。クニリスではないが、なぜこんなところにいるのだろう、とサリーは思うのだ。生徒たちと手をつないで、笑いながらフォークダンスを踊っているジュラシア・アロビーのほうは、いかにも女子中学校教師という感じがするが、シモーヌは、男性に取り囲まれてチヤホヤされるような、華やかな世界の〈女王〉という感じがする。彼女の見ている入り口のほうに目をやると、マリアが立っていた。大学時代に自分もパーティを嫌っていたサリーは、勉強していたいと言うマリアの気持ちがわかり、あえて出なさいとは命じなかったのだが、誰かが連れてきてしまったらしい。にぎやかな雰囲気に物怖じしている様子を、二、三の者が面白がってからかっていた。

「男性たちが躍起となって狙う胸や腰ではありません。それは肉体でないことが多いのです。まるっきり精神的なものとも言えませんけれど」

初めを聞いていなかったサリーは、いったいシモーヌは何の話をしているのかしら、と顔を向けた。

「男性たちが気づかずに素通りしてしまうところに美を見つけることが、私は大好きなのです。のどを潤すみずみずしい果物のようにそれを味わうのですわ。そう、胃なのです。心臓と子宮の中間にある胃が、それを消化するのです。サリー先生、あなたはタバコをお吸いになりますか？　でしょう。一生タバコを吸わなくても、それを欲しいとも思わずに、女性は生きていけるのです。生まれながらにタバコの味を知っている男性とは違います。男性から教えられさえしなければ、女性は一生新鮮な空気だけ吸って、満足していられるのですよ」

そんな極論にサリーは同感できなかった。本当にそんなふうに考えているのか、飛躍し過ぎもいいところではないか、とシモーヌの顔を見てしまった。シモーヌは涼しい顔で話し続けた。

「男性が女性を描写するときの、なんて間違った記述の多いこと。女性は欲望を持って生まれて来はしません。それはだいぶ後になって、偶然に知るものです。もしくは、無理やりに知らされる。女性は最初に心と、それから肉体と心の中間にあるものとを持って生まれてくるのです。もし男性との触れ合いがなければ、女性は死ぬまで、それだけしか持たずに終わるでしょう。男性から肉体の存在を教えられて、女性は肉体と心の中間にある、その女性特有のものを忘れていき、やがて失ってしまうのです。失うまいとするなら、その存在を頭脳で認識しておくしかありません。私はとても、その中間の感性が好きなのですわ。その喜びは、体の接触によってではなく、体を離していることによって得られるもので——」

ネッティがこちらへやってきたので、シモーヌは話し止めた。

「うっとりするほどおきれいだわ、サリー先生。お踊りにならない？」

「お世辞なんか言わなくてもいいのよ、ネッティ。あいにくフォークダンスは苦手なの」

「ソシアルダンスでもいいわ」

「私、男性役はできないわ」

「あたしがサリー先生を踊らせて差し上げる」

シモーヌが笑い、立ち上がりながら「あなたって男の人みたいね」と、ネッティの肩をたたくふりをした。ご自分こそ、いい筋をしていらっしゃるわ、とネッティはそっぽを向いて、声を出さずに唇だけ動かした。

「ここに座って、もっと上手にサリー先生を誘惑なさい」

ありがとう、とネッティはまた唇だけ動かし、歩き去るシモーヌの後ろ姿に舌を出した。

「やめなさい」

サリーにたしなめられたので、窓の枠に片手をつき、サリーの耳に口を近づけて『上手に』話そうとすると、また叱られた。

「話をするのなら、ここへ座ってお行儀よく話しなさい。おかしな格好よ」

しかし、サリーはシモーヌの話を思い出し、何が言いたかったのだろう、と考えながら立ってしまい、せっかく勧められて座ったネッティがポカンと口を開けたことなど、全く眼中にないのだった。サリーは入り口のほうへ歩いていき、からかっている生徒たちを追い払って、マリアに注意した。

「出席するなら、ちゃんと制服に着替えていらっしゃい」

その注意を、もう来なくていいものと解釈したマリアは、ホッとした様子で出ていった。

夕食会が始まり、席の問題で揉め始めたので、校長が学年をバラバラにし、ざっと五グループに分けた。そして、一グループに一人ないし二人の教師を割り当てた。クニリス・ウーレントンとジュラシア・アロビーのテーブルでは、レナの横に一つ席が余っていた。誰か来るのか尋ねると、何事であれ共同生活に例外のあることが嫌いなポージが、立ち上がった。

「マリアです。だいたいあの子は、友達と会話をしようとしない子なんです。それで学校の催し事には、いっつも非協力的なんです」

「呼んでいらっしゃい」

クニリスの命令を受け、ポージはパンを配っていたウィバに頼んだ。まもなく制服を着たマリアが連れてこられた。

「その制服の汚れはどうしたのですか?」

汚れというより破れに近く、洗濯しても落ちない傷があちこちについていた。先日鞭で打たれたのだ、とポージが説明すると、そんな悪さをしたのか、とクニリスが驚いた。

「鞭を使わなければならないほどの不良娘なら、この学校にふさわしくありませんね。校長先生はご存じなんでしょうかしら」

それについてポージが詳しく説明しないので、レナが「ポージ」と小声で呼んだ。ポージはすでに口を閉じるつもりで、肉にかぶりついていた。

一方ジュラシアは笑顔を振りまき、生徒たちをリラックスさせようと気を遣った。夏休みの過ごし方、進学の話、将来の夢などを自分でしゃべったり、尋ねたりした。

ナプキンを配りながら、各テーブルの様子をうかがって回る役のサリーは、マリアが食事に手をつけていないのを見た。その瞬間、目を落として唇を噛んだ。マリアはナイフとフォークの使い方を知らなかったのだ。いつもは口にできないせっかくのごちそうなのに、教えておいてあげられなかった。

「話もしなければ、食べることもしない。我がまま放題じゃありませんか。どうして校長先生は、あなたみたいな人を受け入れたんでしょう」

「マリア。お腹がいっぱいなら、部屋に戻りなさい」

サリーの口出しに、クニリスが続けた。

「お腹がいっぱいの人が、もう一人いるようですわ」

見れば、隣のレナの様子がおかしかった。ほおをほんのり赤く染めてうつむいており、食事に手をつけていない。どうしたのか、とサリーは眼差しで問いかけた。

「何でもないの」

マリアが立って出ていくと、レナは涙をぬぐった。サリーはポージを見て、説明を求めた。ポージは手のひらを広げて肩をすくめた。クニリスの呆れ顔を一瞥し、サリーは自分のテーブルに戻っていった。ここにも、教師や上級生と同じ食卓に着くことにのぼせて、食べられない生徒がいる。うまく緊張をほぐしてやり、いつもの食堂にいる気分にさせてやるには、時間がかかる。

夕食会が終わって、招待の臨時講師たちが日のなくならないうちに帰り、校長、教師、生徒らが各自の部屋へ引き上げた。その後ノゼッタやタヤらが、麻服に着替えたマリアを連れてのぼってきた。

サリーは自分の部屋で、上から響く音に耐えながら、翻訳会社からの資料を読み込み、下書きの作業に取り掛かっていた。テーブルを動かす音、引きずる音、椅子の転がる音などで、天井が抜けそうだ。が、それとは異質の音をふと聞き分けた。ペンを走らせる手を止め、耳をそばだてた。上の音でないものと言えば、外の雨音である。気のせいらしい。このところ神経過敏になっている。タバコ、心、肉体、中間のもの……いったいシモーヌは何を言おうとしていたのだろう。彼女の笑みはどこか純粋でなく、語る言葉には怪しいにおいがし、いくら魅力的であっても、いまひとつ好きになれない。

サリーはまた手を止めた。忍び足みたいなものが聞こえる。上からではない、もっとずっと近く、東隣の部屋あたりから……しかし、東隣は空き部屋で鍵がかかっているはずだ。錯覚だろうか。もう一度耳を澄ましてみた。忙しく立ち回る上の物音は、終わりに近づいたのか、ときおり静かになる。はっきり隣からの物音を聞き捕らえた。サリーはペンを置き、ドアを開けて廊下へ出た。常夜灯の明かりで隣の部屋のドアの取っ手が見えた途端、背筋がゾクッとした。すき間にテコのようなものを差し込まれた形跡があり、木が削り取られている。錠が壊されたのだ。サリーは両足を踏みしめ、取っ手に手をかけて、思い切りよくドアを引っ張った。

「誰なの？」

中の暗闇に向かって言った。返事がない。先にセバスチャンを呼べばよかっただろうか。サリーは自分の直感を信じた。

「あなたね、マーガレット・ホルスさん」

よほどの悪人でない限り、自分の名を呼ばれて、なおしらじらしく隠れ続けられるものではない。中で人の動く気配がし、「そのとおり」という声が聞こえてきた。雨を含んだマントを羽織り、縮れ髪を濡らしたマーガレットが廊下へ出てきた。運の悪いことに、上の片づけを終えた連中が階段を下りてくる。

「出ていってください。不法侵入罪で訴えられたくなければ、今すぐに出ていってください」

「リミをもらいに来たのだよ、お嬢さん。リミはどこにおる。あっちのコンクリートの校舎か？」

「あの子はあなたのものではありませんのよ。なぜおわかりにならないの。あなたには、もう何の権利もないんですわ」

　がやがやと給食婦らが下りてきた。マーガレットはすばやく目を動かして、そのほうをうかがった。

「こちらへ来てはいけません！」

　サリーはマーガレットから目を離さずに、後ろの給食婦らに叫んだ。短い悲鳴が上がった。マリアが姿を見せなければいいがと願ったが、立ちすくんでいる様子の給食婦の後方から、布靴のやわらかい音が聞こえている。その音はサリーのすぐ後ろまでやってきた。

「マリア、逃げなさい！　誰か、セバスチャンを呼んできて！」

　マーガレットを通すまいと、廊下の中央に立ちはだかっているサリーの手の中へ、マリアはそっと自分の小さな手を差し入れた。自分が体を託すのは誰か、ということを伝えてきたものと、サリーはしっかり受け止め、心を動かされながらその手を握りしめた。

「リミか」

　マーガレットは薄気味悪い優しさを込めて、その名を呼んだ。

「こっちへ来い。おまえが来ない限り、毎度こんな騒ぎを繰り返すのだぞ」

「行くことはできません、お姉様」

　マリアはサリーの後ろに半分身を隠して答えた。

「私と生活なさることは、もう無理なんです。私はまた逃げます」

「おお、おまえは誤解しておるな。おれは、もう一度おまえと暮らそうとは思っておらぬ。ただちょっと、おまえと話がしたいのだ。二人だけで話がしたい。それでおれの気が済む。話が終わったら、おまえはまたここに戻ればいいではないか。鞭は使わん。話すだけだ。一時間、時間をくれればいい。一時間たったら、必ずおまえをここに返す。さあ、おれと一緒に来い。来てくれ、リミ」

鉄扉が開く音がし、ウィバが校長を連れてきた。マーガレットの後方からは、セバスチャンがこん棒を持って駆けつけ、挟みうちの格好になった。

「おっと、待った」

セバスチャンを見てマーガレットが片手を上げた。

「おれは泥棒ではない。話し合いをしておるのだ。皆さんをお騒がせしますな。わたしはそこにおる子供にだけ、用がある。少しだけ貸してもらえば、すぐにも退散いたすつもりだ」

「たとえ一分であろうと、お貸しすることはできません。何度も申し上げますが、マリアは孤児院から本校が預かった、大切な生徒なのです」

サリーはマリアの手を一層固く握りしめ、後ろにいるのをさらに後ろにしようと、それを反対側のほうにまで持ってきていた。そこには校長がいて、自分がマリアを引き受けようと、サリーの指をなんとか外そうとした。

「サリー先生のおっしゃる通りです。預かった以上、勝手に他人に渡すことなど出来ないのですよ、ホルスさん。こちらにも責任がありますから」

サリーの手をたたいて、やっとマリアをもらい受けた。

「したがって、もしあなたが孤児院と掛け合って、正式な手続きをお踏みになるのでしたら、そのときには喜んで――」校長は『喜んで』を強調しなかっただろうか。「喜んでマリアをお渡し申しましょう」

「なるほど。そうか。わたしは性急でしたな。まず孤児院と交渉せねばならなかった」

「マリアと一時間お話するために、孤児院と交渉なさるとおっしゃるの？　そんなこと、嘘です。お渡ししたが最後、校長先生、この方はマリアを遠くへ連れ去ってしまう魂胆なのです」

「お約束しよう。まことに一時間でよいのだ。それ以上は要らぬ」

「それなら、ここでお話になればよろしいわ。二人きりになる必要はありませんでしょう。今、皆のいる前で、堂々とお話なさい。それでお気が済むなら、私とセバスチャンで、一時間、待ちましょう。ただしマリアには指一本触れさせません」

サリーとマーガレットは火花を散らすばかりに、互いに目を据え、睨み合った。

「ふむ。この場で話を、か」

マリアは校長の手から給食婦らへと渡され、鉄扉の向こうへ隠されようとしていた。するとマーガレットは、いまはさほどの太さのない腕をまっすぐ前に伸ばして、そのマリアを指さした。

「ならば、あいつに紺の制服がいかにそぐわぬものか、おまえ達は聞くことになる。では、一つうかがおう。以前男に体を売っていた子に着せても、校服というのはその清らかさを損なわぬものなのか？　汚れのない子らの中に、一人売女が交じっておっても、構わぬものなのか？」

どよめきが起こり、校長はうろたえた。

「マリアが体を売っていたですと？」

「そのとおり。売春をしておった」

「でたらめですわ」

サリーが言った。マーガレットは薄笑いを漏らした。

「本人に聞いてみるがよい」

皆マリアを振り返った。

「おまえは客を取って、その体を売っていた。でたらめか、リミ。答えろ」

その言い方が正確に当てはまらないにしても、少なくとも身に覚えのあるマリアは、肯定もしなければ、否定もできなかった。そして、皆にいつまでも見つめられているので、下を向いてしまった。サリーは身を震わせた。

「おわかりになったようですな、皆さん。制服を引っ剝がして、そいつをこちらへよこす気になられたかな」

「同じことです」

サリーは苦しそうに答えた。

「あの売女を大勢の生娘の中に入れて、一緒に純潔教育をするというのか」

「お国が決めたことですから」

サリーの声は事務的な冷淡さを帯び、それからは最後までマーガレットから目を外すことはなかった。マーガレットはしばらくサリーを睨みつけていたが、やがてゆっくり踵を返し、セバスチャンの横を通り抜け、北玄関から出ていった。その無言の背中は、あまりにも饒舌だった。いまに見ておれ、誰がこのまま引き下がるか、必ず奪い取ってやる、覚悟しておけ、あいつはおれのものだ――

馬のいななきが一度聞こえ、まもなくひづめの音がし、遠ざかっていった。

静まり返った廊下で、売春という言葉が蛇のように人の頭に食いついていた。皆の視線がマリアに集まり、ある者は暗がりで笑みを漏らした。ただサリーだけ、自分の体に自分の腕を回して窓に身をもたせ、マリアのほうを見ることはなかった。

「さあ、皆さん、ご自分の場所へお戻りなさい」

校長が手を上げて言った。

「とんだ騒動でした。ホルスさんがどうやって校舎に入り込んだのか、明日調べて、改めて対策を練るとしましょう。セバスチャン、今夜は、外へ通じるすべての鍵を閉めてください。マリア、あなたは私と一緒に来るのです。皆さん、あしたまた。おやすみなさい。サリー先生、ごくろうでした」

　校長はマリアを従え、ひざをかばいながら新校舎へ戻っていった。


　マリアの布靴の音をサリーの部屋から捕らえようとするなら、よほど神経を集中して聞き耳を立てなければならない。たぶん聞き逃してしまったのだろうとあきらめて、シーツを被った。何も考えまいとするのだが、頭は一生懸命に何かを考えていた——

　かなりの夜更けになったころ、サリーは眠れぬベッドの中で、遠く鉄扉の閉まる音を聞き、それから布靴のかすかな足音を捕らえた。それが自分の部屋に立ち寄って弁明してくれることを、言い逃れであっても構わない、マーガレットの言葉は嘘だ、と言ってくれることを切に願った。でなければ、せめてその足音がドアの前で、瞬間でもいいから立ち止まってくれることを。しかし、そのかすかな足音は一瞬たりとも止まらず、ゆっくり力なく近づいてきて、そのまま通り過ぎ、行ってしまった。物置部屋のドアが閉まる、聞こえるか聞こえないくらいの音。心の整理がつかず、考えもまとまらず、サリーは寝返りを打って、傷ついた心を押さえるようにうつ伏せになった。

　悪い噂が広まるのは速い。翌朝、ネッティとチカノラは床を転げ回って笑い興じた。これはもう、一世一代の胸のすくようなどんでん返しである。図々しくも処女のお席に、だとか、ぬけぬけと新しい制服までお召しになって、だとかいう言葉が、面白おかしく飛び交い、黒板に卑猥な言葉が書きなぐられた。ネッティがナシータを誘ってマリアに飛びかかり、制服を脱がせにかかると、マリアは床を這い回りながら逃げる。ミンダが手をたたいて喜ぶ。ポージは軽蔑した顔で見ぬふりを決め込み、レナは泣いていた。チカノラが見物に夢中になり、合図をし損なった。

「ネッティ！　ナシータ！　マリア！」

サリーがマリアの名まで入れて叫んだので、喝采が起こった。

「何をしているの！　席に着きなさい。静かになさい、ミンダ」

サリーは、チカノラがのろのろと消している黒板に目をやり、『私達は淫売と一緒に勉強するのでしょうか？』という文字を見た。

「証拠もないのに、人に汚名を着せるものではありません」

サリーは物静かにひと言言い、授業を始めた。マリアは服の埃も払わず、外されたボタンだけはめて、時間中一度も頭を上げげなかった。

炊事室でも、ノゼッタとタヤが体を折り曲げて笑いこけていた。

「あんたが男に体を売っていたとはねえ。うぶな顔して隅におけないじゃないか。え、ここじゃセバスチャンしか男がいないもの、商売になりゃしないね」

下品な笑い。

「そのセバスチャンも上半身だけ男なんだから、サリー先生を相手にするのと同じことさ」

大笑い。

「あの大女のお相手もしていたんだろうから、どのみち、あんたは上手いんだろうけどさ」

笑い声は尽きない。

「何も騒ぐこた、ごぜえましねえだ」

ミネルが入ってきて、黙って昼食をつついているマリアのテーブルに、火を焚いて乾かしたタオルを乗せた。

「非人の娘といや、みんなそうでごぜえますだ。九つ十の子供だろうが、もういっぱしの遊び女でごぜえますだよ。だけんどこのマリアは、ほかの点じゃいい子に違えねえで、それでなけりゃ、こうして世話なんぞ焼きましねえ」


東門の錠が壊されたどころか、太い柱まで傾いてしまっていることがわかり、修理が必要だった。役所へ被害届を出したところで、手続きに足を運び、煩雑な書類を書き、調査に立ち合わねばならない。そうしたところで、本気で役所が動いてくれるとは限らない。こういう些細な事件はあちこちで起きており、片が付いてスムーズに賠償金が支払われた話など聞いたことがない。学校の資金を使うしかないだろう。

新校舎を建てた建設業者に頼めば高くつくため、若干質を落とした施工でも構わないと校長は考えた。ちょうど二カ月前、物置部屋の窓を流しの二人組の大工に頼んだが、その出来栄えに感心し、いい仕事をしてくれたと思っている。それで、この二人、四十歳位と二十歳位のコンビを捕まえて、東門の修理を依頼することに決めた。サリーの隣の空き部屋に関しては、どうせ使われていないのだから錠が壊れたままでも構わない。そうすれば経費が半分以下で済むことになる。とにかく、あのコンビを捕まえるには、どうしたらいいか――


親睦会のあとも猛烈なスコールが何度もやってきた。校庭はどろんこになり、湖のように水が溜まった。川の水量が増し、両岸の斜面の草が水に浸かる。学校の巨大なタンクは満杯になり、元栓が開け放しにされて、夜中でもシャワーが使えるようになった。通いの洗濯女たちは大忙し、臨時講師たちは休みがち、そして生徒たちの送り迎えの馬車はずぶ濡れになった。

ニワースの家を売りに出してしまい、帰るところのなくなったサリーは、土日を翻訳仕事に精を出して過ごした。あれ以来マリアと二人で話をすることもない。マリアのほうも、ミンダと違って、自分を求めてくるような子ではなく、何事もなかったように黙々と勉強し、働き、さみしそうに下を向いていた。マリアと話したい思いが日に日に募るのを感じて、サリーは今夜こそ行って言い訳を聞いてみようと思う。が、夜になると、事情が決定的になるのを恐れて、明日にしようと思うのだ。

授業が始まる前の規律のない教室を避けて、マリアはぎりぎり始業チャイムの鳴る直前に入るようにしていたが、ある日、待っていたようにナシータとチカノラが近づいてきた。まもなくチャイムが鳴るとわかっていたので、いたずらされるにしてもすぐ終わるだろうと考えて逃げなかった。二人はボール遊びのときに使う縄をそれぞれ一本ずつ持っており、マリアの両脇に来て、手をつかんだ。ぶたれるものと思っていると、そうではなく、手首を縛ろうとする。それには危機を感じて、一瞬逃げようと思った。と、ちょうどチャイムが鳴り始め、途中でやめてくれるだろうと、マリアは油断してしまった。両手首を縛り上げられ、引っ張られると、十字架にかけられたように無防備になった。

「オーケー。いまよ」

見張り番のネッティが合図した。ナシータとチカノラは両側から縄をピンと引っ張って、もがき出したマリアを立ち上がらせ、そのままぐいぐいと引いて後方のドアから廊下へ出た。サリーは教室の前方の入り口近くに立って、レナの話を聞いていた。ナシータとチカノラはマリアを引きずったまま、そちらを目指した。ネッティが先頭に立って走っていき、レナを横から突き飛ばした。事態が呑み込めないサリーの右側をナシータが駆け抜け、左側をチカノラが駆け抜けた。二人の持つ縄に引っ張られたマリアは、あ、と言ってサリーにぶつかった。サリーの教科書が落ちた。ナシータとチカノラはサリーの後ろで入れかわり、グルッと回ってさらにマリアの後ろで入れかわった。三度それを繰り返したあと、サリーの背中で二本の縄を縛った。

「ほどきなさい！」

あっけに取られたサリーが、ようやく声を出したときには、二人はすたこら逃げ出し、教室の中に飛び込んでいた。マリアの両手はサリーの両腕の外を回り、体はサリーの胸に押し付けられて両足がつま先立ちになり、ちょっとの身動きもならない状態だ。突き飛ばされた場所で茫然と見ていたレナが、サリーの後ろへ回って縄をほどきにかかった。もたもたして時間がかかった。自分の胸のなかでふるえているマリアの様子をうかがい、サリーは小さな頭に口を近づけて言った。

「マリア……息をしなさい」

「でも、先生。息が止まるほどどきつくはないわ」

そばで悠然と見物しているネッティが言った。やっぱり、といった顔つきでマリアの気の転倒ぶりを面白がっているのだ。

「縄をほどきなさい、ネッティ」

ネッティはサリーの睨みを、意味ありげに笑って見返してきた。厳しく叱りつけようとサリーが息を吸ったところで、逃げていった。騒ぎを知った連中がワイワイと顔を出してきた。ポージとジャネスがレナを手伝うために駆けつけ、やっと縄がゆるんだ。サリーは倒れかかるマリアを抱きとめた。かわいそうなくらいにふるえている。自分が抱いていてはよくないと気づき、手首の縄をほどいているレナとポージにマリアを渡した。

「物置部屋へ連れていって、落ち着くまでそこに居させなさい」

二人は場所を教えられ、両側からマリアに付き添って物置部屋へ歩いていった。サリーは教科書と二本の縄を拾い上げ、教室に入った。

「ナシータ、チカノラ、ネッティ、廊下に出なさい」

平然と席に着いていた三人は、肩をすくめたり、舌を出したりしながら立ち上がった。サリーは廊下の壁に沿って並ばせ、一人ずつ平手で引っぱたいていった。

「あれくらいのいたずらでぶたれるなんて、合点がいきません」

初めてのサリーの体罰に、チカノラが文句を言った。

「あなた方の先生を縄で縛っておいて『あれくらい』と言うの？」

「縛られて幸せそうだったわ」ネッティが言った。「先生も、マリアも」

面の皮の厚いネッティに、生ぬるい平手打ちでは効かないようだ。

「あなたが校長先生に縛られたら、どうなの？　幸せなの？」

「校長先生とサリー先生では大違いだわ」ナシータが言った。「サリー先生に巻き付けられたら、あたしうれしいわ。ずっと解いてもらいたくないと思うわ」

「マリアにとって、私は校長先生なのよ、ナシータ」

「どういう意味？」

「〈恐れ多い〉という意味よ。あなた方が私に対して、ちっとも抱いてくれない敬意だわ」

「思慕だわ」

ネッティがほほ笑みを浮かべて言い返した。

「それも、恋慕になりかかっている思慕だわ」

サリーはため息をついた。自分が十四歳のころ、こんなにませていただろうか。こんなふうに教師に食ってかかる生徒がいただろうか。それとも、あのころの自分は周りが見えていなかったのか、何も目に入れようとしなかったのか。でなければ、このクラスの子供たちがよほど特別なのだ。

三人を廊下に立たせたまま、サリーは教室に入り、授業を始めた。戻ってきたレナに、そっとマリアの様子を尋ねた。

「ベッドにうつ伏せになっているの、先生。そして、まだふるえているの」

# 八

二人組の大工に連絡がついた。門の様子を見に来て、これなら一日あれば仕上がると言う。

二人は天候が回復した日曜の朝、木材を馬に引かせてやってきた。暑い中、汗水たらしてまじめに働く二人の姿を見て、ミネルは情をほだされ、二人のため特別に、塩をふって干しておいた魚を焼いてやった。昼どき、タヤを捜すのが面倒で、そこにいたマリアを使って持っていかせた。

サリーは翻訳に疲れた額に手を当てながら、教師専用の食堂へ行こうと、部屋から廊下に出た。何気なく窓から東門に目をやると、マリアが何かを持ってそちらへ歩いていくところだった。サリーは立ち止まって見ていた。

二人の大工は木陰に座って弁当を広げた。マリアは黙って焼き魚を石の上に置き、すぐに帰ろうとしたのだが、若いほうの男が驚いたようにずっと自分を見つめるのに気づいていた。

「リマイマイ？」

と、彼の口が動いた。その名に覚えのあったマリアは男を見た。

「ダト？」

「やっぱりリマイマイだ。やあ、こんな所にいたのか。大きくなったなぁ」

ダトはなつかしさに笑みを浮かべ、マリアも口元をゆるめて、あのころを思い出す目をした。

何だ何だ、と年上の大工が聞くので、ダトが説明した。

「この子は、昔おらが森から拾ってきた娘なんだよ。あんときはこんなにちっちゃかったのになぁ」

「森から拾ってきた？」

「やっと赤ん坊を卒業したかぐらいだったのに、森の中にたった一人でいたんだよ。手を引いたら、おとなしくついてきたんだ。途中で背中におんぶしてやったら、スヤスヤ寝ちまって」

「森の中に一人でいたって？　……ダト、それはどこの森だ？」

「メルフェノ森から二十キロ、いや二十五キロも奥に入った、深いジャドラ森だよ。なんでそんなこと聞くんだ？」

「ジャ……ドラ森！」

年長の男の目がビー玉のように丸くなったかと思うと、みるみるピンポン玉ぐらいに膨らんだ。

「いつの話だ、ダト」

「あれは、おらがやっと小学校に行かせてもらえるようになった前の年……だから、十一年前だよ」

年長の男は、上から下までまじまじとマリアを眺め回した。

「おれ、知っているかもしれん」

「知ってるって、何を？」

「おまえ、この子を見つけたあたりに浅い川が流れてなかったか？」

「流れていた。こいつが足をつけていた」

「近くに山小屋がなかったか？　後ろに崖がそびえ立っている」

「ん、そこまでは知らない――いや、崖はあったような……少し開けた場所があって、その向こうに」

「もしかしたら、この子はロカマナルの娘かもしれん。見れば、目がそっくりだ」

ロカマナル。この名を覚えている。マリアは年長の男を見つめたまま、そろそろと石の上に腰かけた。

「マリア」

後ろから呼ばれた。振り返ると、サリーがやってきていた。

「いったい何をしているの。お仕事の邪魔をしてはいけないでしょう。戻りなさい」

マリアは立ち上がったが、そこを離れようとしなかった。

「サリー先生……」

「どうしたの。この方たちはお食事中なのよ。何を話し込んでいるの。生徒が職人の方と――つまり、外部の男の方とお話するのは、学校の規則で禁止されていることなのよ」

「少しだけ……いけないでしょうか。本当に少しだけ、お話が聞きたいんです……」

「何のお話を聞きたいというの？」

結局サリーと一緒にという条件で、聞くことを許された。年長の男はドーシャモといい、手持ち弁当をつつきながら、忘れ得ぬ思い出をたどるように話し始めた。

この国の西側の山々と森一帯は、『蛮族の山』『蛮族の森』『蛮族の島』などと呼ばれ、お世辞にも文明国とは言えない、二十世紀の名も恥じる、まさに未開の蛮界である。一帯の海岸線はモヨ族が制圧し、奥地はザゴボ族が主導権を握っていた。その他にマタ族、ノボ族、ヤリヤ族、さらに独立独歩のミラ族、島の洞窟に住むリム族など、多種多様な民族が、それぞれ異なった言語、異なった宗教、異なったしきたりを持って、自ら一国なりと信じ、あたかも日本の戦国時代のごとく群雄割拠していたのである。三百年に及んだスペイン領時代でさえ、わずかにボガ半島の一端に桟橋を構築し、カトリックの寺院政庁をつくったに過ぎず、独立後の軟弱な政府も、島々はもとより、本土の西北周辺さえ統治できないありさまだった。

それでも少しずつ、アメリカ、イギリス、スペイン、日本、中国等、あらゆる国の人間が開拓者と名乗ってこの国に踏み入り、西側の奥地へ入り込んでは殺されたり、病死したりした。だが、運良く牧場や農場を営むまでになる者も出て来て、小さな村ができ、人口が増え、町らしいものがぽつりぽつりとでき始めた。そうして、ようやく西側の北半分に一本の鉄道が敷かれた。というのも、この国で最も暑さのしのぎやすい地域がこの西北部であるからだ。

しかし、蛮族の山々が高くそびえて下界を見下ろしているために、東側の臆病な連中は、大リサイ川を渡ってニワースから先へは一歩も足を踏み入れようとしない。西北部に長く住む人々は、蛮族固有の風習と掟をのみ込みさえすれば、めったやたらには殺されたりしないことを知っていて、おおかた平穏に暮らしている。山からおりて塩を買いにきた蛮人には、腰を低くして、交換物がたとえ土の塊であっても、丁重に塩を差し出すこと、軽々しく、または馴れ馴れしくその種族の名を口にしないこと等々、これらの注意点を守るなら、領地を出た彼らの蛮刀が、わけもなく腰から抜かれることは、まずないと見てよい。

勇敢な開拓者たちがいた。彼らのおかげで西北部はさらに安全になり、東部の文化が入り込んできた。その命知らずの開拓者たちは、単独で、もしくは集団で蛮族の山々へと侵入していき、蛮人達と交流し、仲間になったり、彼らの娘を妻としたり、ある場合には武力を持って戦い、その領地を奪ったり、殺されたりしながら、奥へ奥へと分け入ったのである。中でも勇壮果敢で、多くの種族の言葉を解し、その首領たちの信望を得ていると名高いロカマナルは、そのころ海岸線から少し入ったトリトに彼の耕地を持っていた。

「あれは、おれがちょうど二十五のときだった」

ドーシャモが言った。

——そんな危険地帯を渡り歩いて、幾百の蛮人を手玉にとるというロカマナルの噂を、おれは聞いたのだ。なんでもリム族の王子の一人だというので、憧憬の念を抱いて何カ月も探し回ったものだ。誰に聞いても、やり手の男、と評判で、彼の仕事ぶりを異口同音に聞くばかりだった。

そうした蛮族に対するロカマナルのやり方は——全部おれが後から聞き知ったことなんだが、

一切の武器を持たないこと、一番弱いリム族の出だと最初に名乗ることだったそうだ。ロカマナルは彼らの掟を侵さず、風習を尊重しながら近づき、折りあるごとに言語を習得する。これが功を奏したようだ。

み月に一度、彼は西北部や東側までやってきて、安い耳飾りなどをたくさん買い込み、モヨ族の酋長への土産に持っていってやった。すると、お礼だといって子牛をくれる。それがいつしか十頭を超えた。そこでミラ族の酋長にあたり、その領分の広大な草原の一角を無償で借り受け、刺線を張って放牧し、子牛の増加分三頭に一頭の割合の礼をする、という契約を結んだ。また、プゴンの荒地に植林したココヤシ林の幹が地上一メートルに伸びたとき、それをミラの酋長にくれてやると、かわりに肥えた広大な平坦地をくれた。これが彼の耕地となったが、ロカマナルはそこを麻畑にする計画を立てていた。だが、それには水が浅く、全耕地に最低深度六十センチの排水路を縦横に掘る必要があった。

おれがようやっと彼、ロカマナルを見つけたのは、そんな時だった。今から、うーん、そう、十六年前の話だ。どうか弟子にしてもらいたい、と頭を下げて頼んだが、痩せた若造のおれを見て、彼はこう諭してきた。

「せいぜいニワースかバオあたりにとどまって、大工の見習いにでもなったらどうだ。華僑の家具工場で使ってくれるぞ」

おれは、若気の至りで、御託を並べた。生ぬるい生活がいやで、故郷のメキシコを飛び出し、冒険と情熱を求めてこの国へやってきた。忠告はありがたいが、大工になどなるつもりはない。あなたについて、未開の地へ奥深く踏み込み、知見を深めたいのだ、などなどと。その気持ちはわかる、とロカマナルが言ってくれた。

「自分も君のように理想を掲げ、広い世界を見てみたいと、リム族の島の洞窟から出てきた者だ。だが、蛮族を甘く見てはいけない。あの森や島々は、全く無法の蛮界で、しかもマラリアをはじめ悪疫が横行している。実際森に入った者・渡島した者の半分は死んでいくのだ」

それでもおれが、あなたの言うことなら何でも聞く、間違ったことをしたならぶん殴ってくれ、と真剣に説得すると、ついにロカマナルも根負けして、つるはしを持ってついてこい、と言ってくれた。

最初ロカマナルは、自分の庇護のもとにある周辺牧場主を数名動員して排水路を掘る計画だったが、試してみると、思ったよりも土がかたかった。おれの両てのひらにたちまち血豆ができ、関節炎を起こして腫れあがったのを見ると、彼は一策を講じた。野蛮人たちを使用することだ。彼らは現金を必要としない。酋長の命令があれば、あとは米塩で足りる。まず酋長に接近して兄弟分となり、酋長命で作業させることにしたのだ。そこでおれはうっかり、怠け者ぞろいの蛮族の中で例外中の例外、リム族にあたってみたらどうだろうか、女は美しく従順そのもので、男は小柄だが働き者だと聞いている、などと大失言をやらかした。ロカマナルがリム族だということを失念していたのだ。なぜなら、とてもリムとは思えないほど、彼の顔も手も日に焼けて真っ黒だったからね。ただ一カ所、他の蛮族と区別できるところといえば、被っている帽子のツバ下だけが、顔や手と比べて白いということぐらいだ。

ロカマナルの念頭にあるのは、体が大きくて力の強いザゴボ族だった。ザゴボ族の酋長はニコラスという名の男で、ホールセイテ湿地帯の向こうの奥まった巨大な森林地帯を拠点に、周囲の丘を縄張りにしている。その湿地帯は、ちょっと足を入れてもヒルがウヨウヨ上ってくるので、慣れた蛮人以外、誰も通ろうとしないところだが、ニコラスと交渉するには、どうしても通り抜けなければならない、とロカマナルが言った。ぜひ供に連れていってくれ、とおれが懇願すると、彼は長ぞうりを作ってくれた。

「君が何か面倒を起こさなければいいがと、それればかりが気になるよ、ドーシャモ」

ニコラスに会いに出発する前日になって、おれが高熱を出したとき、ロカマナルは内心ホッとしたはずだ。彼は、マラリアのことを熟知していると言い、おれがそれを発症したと判断した。おれをランチ（蒸気船）に乗せ、本土の南側、東よりの海岸線にあるアメリカ病院まで連れてきてくれた。おれは入院したが、当時は注射液などなく、キニーネの丸薬と水薬の下剤だけ呑まされた。あとは軽い流動食ばかり与えられ、それでも五日もすると発熱が止まった。一週間すると退院させられたので、おれは自分でボートを漕いでロカマナルの所へ戻ってきた。

「やあ、生きていたね」

まんざら迷惑がるばかりでもなさそうに、ロカマナルが手を上げてくれた。

ニコラスとの交渉がうまく行ったと見え、耕地ではザゴボ族の男ども十数人が、ロカマナルの監督下で溝を掘っていた。

「そのうちに、また熱が出てくるよ」

と、ロカマナルは言ったが、そのとおり三日たつとおれは再発し、再び海を渡って入院した。退院、またまた入院。八カ月の月日が過ぎて、おれがひょっこり顔を出したときには、「てっきり死んだと思ったよ」とロカマナルに言われた。

「排水路が出来ましたね。憲兵隊に邪魔されなくて幸運でした」

蛮人が蛮人以外の人間を殺害した場合、武力をもって強引に調査できる唯一の機関に『憲兵隊』と呼ばれるものが、当時の本土にあった。侵入者を殺すことを誇りとして、一人殺すごとに上衣の胸に名誉の縫い取りの朱印をつけていたザゴボ族も、さすがにこの憲兵隊にだけは一目置いたものだ。しかしこのところ、憲兵隊による違法行為の蛮人狩りが激しくなり、蛮族の各首領は怒り出していた。

ある日、十人ほどの武装兵を率いた、腕に入れ墨のある憲兵隊の日系隊長がやってきて、ロカマナルのことを、おい、野蛮人、と呼んだ。明らかに、ロカマナルが何者かを承知の上で呼んでいた。

「あんた、だれを呼んでいるの」

ロカマナルがそう言ったところ、いきなり日本刀を抜いて、彼の鼻先すれすれに突き付けた。

「貴様が野蛮人だ。だいたい貴様は生意気だ。本刀の試し切りにしてやる」

ロカマナルの後ろにいたおれは、その場に立ちすくんで、ちょっとでも動けば殺されると思い、助けを呼びに行くこともままならないでいた。ところが、ロカマナルは平然と、

「どうぞ」

と言って向き直り、その鋭い眼光で隊長を正視した。おれの目に、彼がなんと大きく見えたことだろう。すると、その日系隊長は刀を突き付けたまま、

「まあ、飲め」

と、酒びんを差し出した。ロカマナルは受け取ってひとあおり飲み、これはうまい、と言った。そうして話を交わすうちに、隊長の態度が変わってきて、

「気に入った」

と、言い出した。そこへ隊員たちが、耕地で働いていたザゴボの男達を連行してきた。

「それは私の使用人たちだ。連れていかれては困る」

ロカマナルが言うのを、日系隊長は聞き入れ、しまいには名刺と缶詰を置いて去っていった。評判どおり、ロカマナルはぞっこん惚れ込むに値する男だと、おれはこのとき確信した。

それから数日たったある日、海岸沿いに住む白人牧場主の一家が、二本のヤシの木に親子もども括りつけられて惨殺された。その日からロカマナルのザゴボの使用人たちが働きに来なくなったところから、おそらく憲兵隊に襲われたザゴボ族の仕返しと察せられ、周辺牧場主た

ちがロカマナルの所に集まってきた。これは残忍なザゴボの酋長ニコラスの仕業に違いない、近ごろの憲兵隊のやり口を見ればニコラスの怒りも無理はない、以後憲兵隊が来たときには必ず酋長に知らせをやるから、私らの生命財産の安全を保障してくれるよう、ぜひあんたが酋長に会って話をつけてきてもらいたい、と頭を下げて頼むのだった。ロカマナルは承諾し、早速匪賊の首領ニコラスに、華僑を使って連絡を取った。華僑というのは、土匪唯一の日用品の供給者であり、奥地の蛮族への塩など必需品の運搬人であり、営利のためなら何事によらず動く人間である。

酋長ニコラスの回答は、八月十六日に、アリモから北方十六キロのアリモ川上流の川辺で会おう、というものであった。おれは目を輝かせて、今度こそぜひ一緒に連れていってくれ、と頼んだ。

「今回は非常に危険な旅だ。命の保証はないぞ」

望むところだ、とおれは言い、ロカマナルは仕方なく馬を二頭用意した。

おれたちは十六日の朝早く出発した。五キロほど行くと、はや道がなく、馬首を南に向けて、だらだらと川辺を行った。ほぼ十六キロの地点に達したとき、連絡の華僑がやってきて、ニコラスの伝言を伝えた。

「せっかくあなたが来るというので、大将は豚の丸焼きなどして御馳走を用意している。しかし手間取って間に合わないから、あと八キロほど川上まで来てもらいたい、ということですよ」

これは失策した、とロカマナルは感づいた。しかし、おれたちはすでに敵地深く入り込んでいるので、いまさらどうにもならない、とにかく行ってみることにした。八キロの地点で、案の定敵に包囲された。敵といっても、ほとんどが十八世紀時代の統治者スペインから奪った火縄銃や、弓、槍、蛮刀で武装した蛮人どもである。

「おまえたちに用はない。酋長ニコラスを出せ」

ロカマナルが叱責すると、しばらくしてゲリラ隊の将校が前へ出てきた。

「よく来てくださった、ロカマナルさん。少しお待ちください。すぐ酋長が来ますから」

丁重な申し出に、ロカマナルは馬を下りた。

「では、寝て待とう」

そう言って彼が、そばの一メートル四方ほどの平らな石の上にごろりと横になるので、おれのほうは仰天しながら彼の足元に腰をおろして、神妙にあたりをうかがった。一人ひとりの武装はお粗末だが、川原の小石のような人数であり、ロカマナルの耕地で働いていたときとは目つきが違う。荒々しい光を放ち、気勢をあげ、やおら脅すように弓や槍をこちらへ向けたりしてきた。

約二十分ののち、酋長ニコラスがやってきて、薄目を開けたロカマナルにいきなり抱きついた。

「よく無事でいてくれた。あなたに貸した部下の話だと、コンスタ（憲兵隊のことを彼はそう呼んだ）がやってきて、あなたに刀を突き付けたと言うので、心配していたのだ。あなただけは助けようと思って、ここまで呼び出した」

「私の馬はどうした」

ロカマナルが聞いた。

「あっちにある」

行ってみると、二頭の馬の背に乗せてきた食糧だの、着替えの服だの、土産物だのをゲリラどもが引きずり下ろし、大騒ぎで戦利品同様に分配している始末だった。

「ロカマナル！」

と、おれは叫んだ。地べたに転がされて両手を縛り上げられたのだ。万事休すと悟ったロカマナルは、二つの条件を出した。一つは、海岸線に住む仲間たちの生命財産の保証であり、いま一つは、ドーシャモと自分の命の保証であった。ニコラスは了承し、憲兵隊が来た場合の人質として取引価値の高いロカマナルを連行していった。ついでにおれも一緒に、だ。

ロカマナルとおれの軟禁生活が始まった。二人に支給されるのは、ふた月に一キロあての塩と、一週間ごとに石油缶一杯あての籾だけである。おれが毎日見張られながら、森の外れの山から、その下の小さい盆地までの段々畑を開墾させられている間、ロカマナルは籾を干し、立ち臼でついては籾殻を落として白米にしていく原始的な方法で、毎日の食事に必要なだけ精米した。

ザゴボの女達の中に、幾人かリム族の女が交じっているのを見かけた。その薄い小麦色の端正な顔立ちからすぐ見分けがつくが、それだけではない。他の蛮族の女達が胸もあらわに、入れ墨、首輪、耳輪、貝殻や革や角飾り、髪飾りなどで飾り立てているのに対し、リムの女達は一枚の白い麻布で体を覆い、飾りと言えば、鉄の腕輪を一つか二つ、二の腕にきつく締めているだけだ。もっともその腕輪には夫の名が記され、死ぬまで外されることはないというから、飾りとも言えない。男達への絶対服従を強いられ、いつも物静かに話し、貞操を何よりも大事にする姿は、おれの目にも痛々しく映った。

「さらってきたリムの娘を、やつらはああして強引に妻にしているのだ。私は……くやしい。見るに忍びない」

ロカマナルの苦悩は、おれが想像するよりもっと深かった。リム族の厳しい戒律の一つに、純粋なリムの血を守る、というものがあったからだ。混血を『高い血』と呼んで尊ぶ他の多くの種族と正反対に、リム族はミラ族などとともに、他民族の血が混じることを嫌い、純血を何よりも重んじていたのだ。

最初のうちは緊張していたおれも、日を追うごとに生活をいきいきと楽しみ始めた。あのころのおれは血気盛んな年頃で、見張りの目を盗んでは、娘達と話をしたものだ――

翌年の四月一日の夜、おれは寝床を這い出し、闇に紛れて出ていった。そして城の中、幾重にも奥深く守られ、生身の娘達の体でもって厚く防護された、酋長ニコラスの末娘の寝室の窓下へ近づいていった。ところが、そこでロカマナルに引っ捕らえられ、小屋に引きずり戻されて叩きのめされた。

「なんという無茶なことをするのだ！　ニコラスに知れてみろ、焼き殺されるぞ」

「何もしやしないよ、兄貴。ただ会いたかっただけなんだ」

「たわごとを言え！　おまえ一人の命ではないのだぞ。私や仲間たちの命すべてが、おまえの無思慮な行動にかかっている。おまえの情熱とやらは、ここでは喉元の短剣だと思え。軽はずみは慎まねばならん。いくら慎重にしても、し過ぎることはない。それでなくともニコラスは、口先はうまいが、いつ気が変わって我々を殺すか知れないのだ」

　ロカマナルは、もっと早くおまえの色目に気付かねばならなかったが、私は私で自分の目論見で手いっぱいだったのだ、と言い、小屋の中の床板を何枚かはがしにかかった。

「何年か前に、コタバ方面から拉致してきた白人三名を現地に移動させる際、きまぐれに部下の土匪の首領にくれてやっちまったそうだ。三名とも即座に、その首領の蛮刀の試し切りにされたという話を、華僑から聞いた」

　ロカマナルは床下から何やらいろいろと取り出して、こうなれば早めなければならない、とおれに脱走の計画を打ち明けた。おれはむっくり体を起こして、自分は脱走などしない、と反対した。

「私は断じて脱走する。私が脱走したら、おまえはどうなると思う？」

おれと違ってロカマナルのほうは、ある程度見張りなしに自由行動が許されていたため、だいぶ前から脱走の準備を進めることができた。月に一度か二度、馬か牛をつぶしたときには二人にも配給があったので、その際ロカマナルは、籾を干すために必要だからと言って、牛皮を毎度一枚ずつもらっておいた。それを乾燥させ、まずぞうりを二足、次に腹当てを二枚作った。

「ぞうりと腹当て？」

おれがポカンとすると、蛮人の自己防衛法として、やつらは十五センチほどの長さに竹を削って家の周辺や木々の周囲、小道の所々に立てておく、それを避けるためにはわらじでは無理、ぜひとも皮ぞうりが必要なのだ、と言った。そして、やはり敵襲に備えて森や草原の中に同じく竹を削って、ちょうど腹に突き刺さるぐあいに細工をしておくので、それを防ぐためには皮の腹当てが要るのだ、と。

「いいか、ドーシャモ。ニコラスの末娘に手を出したら、全員もろとも生きながらに八つ裂きだぞ。ニコラスは、脱走は許しても、我が娘のこととあっては絶対に許さん。心して覚えておけ」

さらに彼は、塩汁の実に使うパパイヤを突き落とすための竹を伐りに行くという口実で、ひそかにそこで竹槍を作り、土中に隠すことを一、二週に一本の割で繰り返していたが、それがもう六本にたまった、と言った。そして、逃げるときに何に注意しなければならないかを、おれにとくと言い聞かせてくれた。おれは次第に熱心に耳を傾け始め、森の夜がじんわり明けるころには、すっかり脱走に同意していた。相談の結果、あさって、縁起のいい四月四日の夜を決行の日と決め、それまでにやっておくべき二人の仕事を綿密に組み立てた。

ところが昼過ぎ、遠征に出かけていた荒くれ男たちが帰ってきて、新たに拉致してきたリムの娘を皆に見せびらかして回った。ニコラスは彼らを褒めたたえ、指揮をとった隊長に三番目の妻として与えよう、と言った。そして、あさって四月四日に結婚式を執り行う、と宣言した。

おれはロカマナルの横顔に苦悩を読み取った。

「脱走を一日早めるぞ、ドーシャモ。明日、三日の夜に決行だ」

おれは、わかった、と言ったが、結婚式の祭が夜中まで続き、飲めや歌えの宴席におれたちも駆り出されるからだと思っていた。とにかくおれたちは忙しくなった。夜パパイヤ林の土中の竹槍を、こっそり二人で出かけて取ってくることになったが、ロカマナルはその午後、日が暮れるまでに皮ぞうりと腹当てをもう一つずつ、急ぎ仕事で作った。

「予備かい、兄貴？」

おれが聞いても、黙々と仕事を続けた。

ロカマナルの植えた木芋がちょうどおれたちの背丈まで伸び、ぐあいよく二人の姿を月明かりから隠してくれて、竹槍移送のほうは万事都合よく運んだ。

「おまえは先に帰って、寝ろ」

「兄貴は？」

「私はちょっと用がある。すぐに戻る。何しろ今夜はよく眠っておけ。明日は夜通し走らねばならん」

言葉通り、ロカマナルはおれが寝付く前に戻ってきた。

四月三日の朝が明けた。ロカマナルは一日かけて最後の仕事をした。タピオカを粉に砕いて餅を作り、麻の葉に包んで一人六枚あてに分け、携帯食料として三つの皮袋に詰めたのだ。結婚式の前日で皆がそれぞれの仕事で忙しく、おれたちの行動を気にする者は誰もいなかった。

ロカマナルは念を押して、おれに最後の指示を与えた。

「目標は川の水音だ。川に着いたら、ただひたすら下ればよい。必ず海岸に着く。まず午後九時におまえを先発させる。一時間たってから私たちが続こう」

「私たち？」

「私は今夜十時に、明日の花嫁をかっさらって逃げるつもりだ。この命をかけて、リムの娘を救い出す。おまえも命がけで逃げるのだぞ」

「逃げ切ったら、トリト耕地で落ち合いましょう」

「だめだ。あそこへ戻ってはいけない。逃げられたと知ったニコラスが、最初に捜す場所だ。もう麻畑は諦めねばならない。またどこかで、初めからやり直しということだ。生きていたらだが」

ロカマナルはおれに支度をさせ、用意周到な聞き耳を立てて、じっとあたりの様子をうかがった。どんちゃん騒ぎの前夜の眠りに、しんと静まり返っていると見て取ると、おれを闇の中へ送り出した。

終夜、川のわきを、両岸に気を配りながら這って下るので、おれは体の芯まで冷え切り、震えが止まらなくなって弱った。午前三時ごろ、あまり寒かったので、砂地を掘って体を埋め、暖をとった。不思議なことに、同じ川を下りながら、朝になってもついにロカマナルに会わずじまいだった。餅をかじりながら、疲れてがくがくになった足を引きずって、海岸近くのグアン耕地に着いたのは午前十時ごろだった。仲間のメキシコ人牧場主が、晴れない顔ながら、ヤシ酒を出して迎えてくれた。

「よく無事で帰ってくれた。ロカマナルはどこだ？」

「兄貴は一時間遅れでやってくるはずなんだ。リムの娘を連れて」

「リムの娘？」

モロコシ米を御馳走になりながら、およそ八カ月間のこれまでのいきさつを、ざっくり話した。そして、今から海岸線にロカマナルを捜しにいくが、ともあれロカマナルの忠告を伝えておく、場合によってはここにいるのが危険なことになるので、皆に連絡し、荷物をまとめて、ボートやランチで東側へ渡る準備だけはしておくがいい、と。

しかしそんなロカマナルの忠言も、ニコラスの怒りを測るには、はるかに甘かったのである。

食事後わさわさと動き始めるや、一本の竹槍が板壁に突き刺さって、内側へ尖った先端を出した。逃げる暇がなかった。ザゴボ族の幾百の男どもに包囲され、海岸線の住民が一時間ばかりの間に十人以上も殺された。しかし、最も酋長ニコラスの怒りをかったロカマナル、並びに彼に連れ去られたリムの娘は、どこを捜しても見つからなかったのである。

おれは間一髪床下へもぐり込み、騒ぎが収まってから、ほうほうの体で逃げてきた。そして以前の滞在地オルトに戻り、大工の見習いをしながら、しばらくなりを潜めて暮らした。

三年ほどたったある日のこと、野生のイノシシを追いかけるうちに、深いジャドラ森に入ってしまった。高い崖にイノシシを追い込んだと思ったとき、手作りの小さな山小屋を見つけた。おれは仰天して白目がひっくり返った。ロカマナルとあの時のリムの娘が、そこでひっそりと暮らしているではないか。ロカマナルは日焼けがすっかり抜けて、リム本来の白っぽい顔に戻っていた。彼とおれは、ガッ、と抱き合って喜んだ。

「よくぞ生きていた！」

「兄貴こそ！　本当によかった」

おれは夢中になってあの後のことを語った。彼が救い出した女性は、目がくらむほど美しかった。二人には子供が生まれていた。ぜひ会わせてほしい、とおれが言うと、

「アスナヤは森で遊んでいます」

と、リムの女性が言った。

「女の子ですね？　いい名前だな。小さいのに一人で森へ？」

「ここらの危ない獣は、みんな私らが食ってしまったよ。それにアスナヤは身が軽くてね、私が追いかけても捕まえられないぐらいなんだよ。一度森に遊びに入ったが最後、暗くなるまで帰って来ないことがよくあるんだ。おやつにつまめるように、食える草や木の実を教えてあるんだが、さあ、食ってるんだかどうか、わからないよ。腹ペコを何とも思わない子なんでねぇ」

目をくちゃくちゃに細くして親ばかをやるロカマナルを、おれは初めて見た。それが、おれの見たロカマナルの最後の顔になった。

三カ月後、土産を担いで再びそこを訪れたときには、山小屋だけあって、中には誰もいなかった。床は落ち葉や動物のフンにまみれ、しばらく使われた形跡がなかった。あたりを捜してみたが、人っ子一人いなかった。

このあとは、おれにとっても辛い話だから、急いで話しちまうよ。仕事でバオシティに出たときに、たまたま華僑が話しているのを聞いた。ザゴボの男達がジャドラ森で、昔逃げた男女、つまりロカマナル夫婦を見つけ、かっさらって八つ裂きにして殺してしまった、と。酋長ニコラスに報告すると、妻のほうは生け捕りにしろという命令を守らなかったといって、指揮官は打ち首にされた、と。それをおれは耳をそばだて、涙しながら聞いていた。

「夫婦だけか？　子供のことは何か聞いていないか？」

おれは思わず彼の肩をつかんでいた。子供がいたとは聞いていない、と彼は言った。ああ、急襲されたとき、ひとり森へ遊びに行っていたんだな、とおれは思った。夕方子供が家に帰ってみれば、そこには父親も母親もいなかったわけだ――

「年も十二、三歳……お嬢ちゃんがあのときの子供だったとすると、お嬢ちゃんの父さんは、それはそれは勇敢で立派な男だったよ。おれが証明する。その父さんが惚れた母さんは、とても美しくて、ほんとに優しい人だった。誇りに思っていいんだよ」

マリアの打ちひしがれた様子は、誰の目にも痛々しく映った。サリーはマリアのそばにいた。どんなにその手を取って声をかけてやりたかったか。だが、慰めることのできそうな言葉は、一つも見つからなかった。言葉が何の役にも立たないことを感じていた。ただもうそばにいることしか、してやれることがない。

マリアは目を伏せたまま身動きして、立ち上がった。話してくれたドーシャモにゆっくり頭を下げたが、そのままくず折れるかと思ったほど、身を起こすのがやっとのようだった。そして、わずかにサリーのほうへ顔を向け、しかし目を合わせることなく、校舎のほうへ足を運んだ。サリーは職人たちに礼を言い、時間を取らせたことを詫びて、マリアのあとに続いた。

言葉をかけることも手を触れることもはばかられる、大きな苦しみを背負って歩く背中を、すぐ目の前に見ながらサリーの願いは、そばに寄り添っていてあげたい、ということだった。

教師になった自分の使命が、こんなときにこそ果たされないなら、何の意味もない。しかし、それすら拒絶するような崇高さを、前を行くこの小さな生徒から感じるのだった。

マリアは炊事室の入り口のほうへ、自分は北玄関のほうへ向かうぎりぎりのところで、サリーは口を開いた。だが、声を出す力がなかった。マリア、大丈夫？　とひと言声をかけたかったのに、何か大きなものが自分の口を閉めさせた。サリーは後ろを振り返り、真昼の空を見上げて、何かを探した。

炊事室のほうを見たときには、もうマリアはいなかった。急いで北玄関に向かい、外から物置部屋の窓を見た。まっすぐにカーテンがおりていて、ゆらとも揺れなかった。北玄関にしばらくとどまり、壁に寄りかかって聞き耳を立てた。聞こえてくるのは、別方向からの物音ばかり。サリーは自分の部屋へ入った。ソファに置いたクッションを抱きしめた。なぜそうするのか、自分でも説明がつかなかった。

夜になって、マリアがどうしているか、心配な気持ちを抑えられなくなったサリーは、物置部屋へ向かわないではいられなかった。ドアを開けて廊下に出た。と、廊下の突き当たりに月光を浴びてマリアが立っていた。ドアの音がするまで、細い窓から月を見上げていたらしいとわかったが、サリーの姿を見ると、窓から離れて、物置部屋に戻ろうとした。

「マリア」

大きな声を出さないようにして呼んだ。マリアの足が止まったので、サリーは近づきながら、話しかけた。

「月を見ていたのね」

夜の窓辺にたたずむマリアを、サリーは初めて見たのだ。物置部屋の北窓から月は見えない。

「好きなだけ見ていていいのよ。あなたにとって、今日は大変な日だったんですもの」

マリアは黙っていた。何も話したくない気持ちは理解できる。まだ頭の中も心の中も、整理がつかないのだろう。安易な慰めの言葉は、かえってマリアを傷つけるだけだろう。

「もし私に何かできることがあったら、いつでも私の所にいらっしゃい。私が、あなたのすぐそばにいることを忘れないで」

サリーの心からの言葉は、マリアに伝わった。マリアが口を開いた。

「これで希望がなくなりました」

その言葉は、ズン、と響いて、サリーは内臓が全部下へ下がる感覚に襲われた。あか裸の魂は人の心を打つ。苦しみが露出している魂は、あか裸に見える。マリアは下を向いて、物置部屋へと歩き出しながら何かをつぶやいた。それをサリーは、次のように聞き取った。

「どうでもいい身になりました……」

## 九

修理の終わった東門には、馬ごとぶつかってきても壊れなさそうな柱に頑丈な鍵が取りつけられ、校長はこれで安心だと言った。サリーのほうはとても安心などできなかった。校庭を仕切る柵は完璧とは言えず、南の川のほうからでも、北の林のほうからでも、入ろうと思えばどこからでも入ってこられる。だが、これ以上お金をかけられそうになかった。セバスチャンだけが頼りだ。

月曜の朝、マリアはいつも通りの様子で教室に入ってきた。どういうふうに整理をつけたのだろう、とサリーは壇上からマリアを見守りながら、その精神力に心を打たれた。

からかい尽くし、皮肉り尽くし、いたずらも種が尽きてしまうと、皆の関心がマリアから遠のいて、差し迫った学年末テストに移っていった。ネッティもミンダも、サリーがあまりマリアにベッタリでなくなったように感じ、二人とも本腰を入れて勉強に乗り出した。ヘレン監督の屋外授業も、テストの前の週から、義務の日課から外された。終礼後は皆真っすぐに各自の部屋に引きこもって、テスト勉強のラストスパートをかける。第一学期末はポージ、第二学期末はレナが最優秀を取ったが、今度はどちらが取るか、今回やけに張り切っているネッティが二人に食い込めるかどうか、皆の関心の集まるところであった――チカノラやナシータも頑張っているわ。ポージやレナには勝てないにしても、まさかあのマリアに負けるわけにいかないじゃないの。ろくに答えられたためしがないから授業ではだめだけど、マリアのノートはかなり出来ているらしいわ。びりっかすのミンダまでが、ヒクヒクして勉強しているもの。でもマリアに負けるはずないわ。だって、日のあるうちは働いているし、日が暮れてからは、ほら。ふふ。そうね。あの子には勉強する時間なんてないわね。

終礼後、ナシータが教室を出しなに、その気もなくマリアの椅子を蹴とばした。テスト勉強で頭がいっぱいで、最近はせいぜいその程度のちょっかいしか出さない。ところが、マリアの椅子は五月以来あまりにもよく蹴とばされてきたため、近ごろはグラグラしてきて、座っているのにも平衡を保っていなければならないようだったのだ。そのため限界が来て、ナシータの軽いひと蹴りで脚が折れ、壊れてしまった。座っていたマリアは一瞬のうちに机にしがみついて、尻もちを免れた。

「ミス・シーズに言えば、取り換えてくれるわよ」

テストのせいで心にゆとりがなくなっている中の一人が、おかしくもなさそうに笑い、興味もなく言った。ネッティが物憂そうに通りかかり、壊れた椅子の板切れを抜き取って、それでマリアをたたいた。そうひどく力を込めたわけでなく、それも頭をやめて、制服の上から腕を、パシッ、と引っぱたいただけだ。それなのに、マリアは大げさに体をよじった。板切れは跳ね返らずに、まだマリアの腕にくっついているではないか。びっくりしたネッティが引っ張って離すと、板切れの先には鋭い釘が出ており、そこから赤い血が滴っていた。マリアの制服に血が滲み始め、周りの者が騒ぎ出した。マリアは痛そうに傷口を押さえながら、それでも痛いほうの手でノートと教科書を持ち、静かに教室から出ていった。

「やり過ぎよ、ネッティ」

茫然としているネッティの肩をつかんで、チカノラが言った。血のべったり付いた釘を見つめて、ネッティは足をガクガクさせていた。

「サ、サリー先生に知らせてこようかしら」

あんたがそんなに意気地なしだったなんて、知らなかったわ、とチカノラが言えば、あれぐらい、とナシータも嘲り、壊れた椅子を引っ張り上げた。

「あたし、マリアを殺すところだったわ」ネッティは青ざめ、細かく震えていた。「これで頭をぶってやろうとしたんだもの。そしたら、この釘があの子の脳天に突き刺さっていたんだわ」

チカノラはぞっと身ぶるいし、ネッティの顔を見た。

「あんた、そのこと、先生に言ったりしちゃだめよ。もうやってしまったんだから、こうやったかもしれないことなんか、考える必要ないわよ」

「マリアは怪我をしたの？」

レナが寄ってきたので、ネッティはあわてて板切れを後ろに隠した。

「告げ口をしようってわけね」

「ううん。ただ心配なの。怪我はひどいの？」

愛らしい青い目で覗かれると、ネッティの目の下がピクピク動いた。

「あたし、やっぱりサリー先生の所へ行ってくるわ」

そう言うや、ネッティは板切れを投げ出して、サッと走っていった。サリーは自分の部屋の前でポージと話をしていた。待ってちょうだい、割り込むなんて失礼よ、いま先生と大事な話をしているんだから、とポージがネッティの胸を肘でつついた。

「何かあったの」

サリーがネッティの真っ青な顔に気づいて、鋭く聞いた。ネッティは忙しく指先を動かした。

「マリアが怪我をしたの」

「どこにいるの」

「たぶん、物置部屋」

廊下に出ている生徒たちの間をすり抜けて、サリーは小走りで物置部屋へ行った。ドアを開けると、マリアが下着姿でベッドのわきに立ち、片腕から流れる血で汚さないように、袖なし服を着ようと苦心していた。その血で染まった制服とブラウスがテーブルに乗っているのを見て、サリーは後ろから付いてきたネッティに、ミス・シーズから消毒液と包帯をもらってくるよう指示した。さらにその後ろのレナに、ミネルを呼び、洗面器に水を汲んでくるように頼んだ。そして、入り口でガヤガヤ騒いでいる残りの生徒たちを追い返した。マリアの腕を取って調べ、どうしたのか尋ねると、大丈夫です、と答える。何とか血を止めなければならず、ワンピースのポケットからハンカチを取り出して傷口を縛った。

「痛いでしょうけれど、しばらく我慢しなさい」

バタバタと足音が聞こえた。

「おめえ様も生傷の絶えねえ子でごぜえますな」

洗面器を抱えたレナを後ろに従えて入ってきたミネルは、マリアを椅子に掛けさせてハンカチをほどいた。

「そんなにマリアは怪我をするの？」

「ここんとこは小止み状態でごぜえましたが、体売ってたことがばれてからこっち、わしらのシャワー室でよく傷を洗ってましただよ。だけんど今日のが、いっとうひどうごぜえますな。雨の多い季節がら、膿まんようにせにゃならねえ」

血を洗い流してやっていると、威勢のいいヘレンが入ってきた。

「椅子がつぶれて釘が刺さったんだそうですよ」

ヘレンは早速、ミネルをどかしてマリアの前にひざまずき、手際よく消毒し、包帯を巻きにかかった。ミネルは首を振りながら立ち上がって、ぼやいた。

「おめえ様も相変わらずでごぜえますな、ヘレン。椅子がつぶれて、こんなところに釘が刺さるだら、カマキリ踏んでも、ハサミが目に刺さるだ」

サリーは、そこに立っているレナに帰るように言い、ネッティには後で部屋に来るように命じた。

「後でって、何時ごろ？」

「夕食後に来なさい」

テーブルの上の血のついた制服を調べていたミネルは、それを抱え、洗面器を持って出ていった。ヘレンはミネルの言うことなどに頓着せず、包帯を幾重にも巻くのに一生懸命だった。

「サリー先生。いつかご相談しようと思っていたことなんですけれどね、このマリアは十四歳になるのに、まだ生理が――」

「いえ、ヘレン。マリアはまだ十三歳位ということがわかりましたの」

サリーはドーシャモの話から、マリアのおおよその年を算出していた。十四になっていないことだけは確かだ。

「へえ？　わかったんですか？　どうやって？」

「いろいろ事情があって……校長先生にもいずれ、お話を通しておかなくてはと思っています」

ヘレンはキツネにつままれた顔をしたが、まもなく大汗をかいて手当てを終えた。包帯で膨らんだマリアの腕をたたかんばかりにして立ち上がると、こんな時季には化膿止めを呑んでおいたほうがいい、ついでに頓服も持ってきてあげるから、夜中に痛むようだったら呑むといい、と言って取りに行った。サリーはマリアと二人きりになり、袖なし服を着る様子を見守った。

「手伝いましょうか？」

マリアは首を横に振った。サリーはドアのほうへ歩いていき、そこで立ち止まった。ありもしない横木のゴミを払った後、ゆっくり振り向いた。

「体を売っていたって、本当なの？　マリア。あの方にそんなことを強要されたの？」

ボタンをはめる指先がふるえたが、マリアはしっかりうなずいた。サリーは横木を握りしめた。

「あなたからこんな言葉を聞いたことがあるのだけれど。『この体が誰にも汚されずに、神様の所へ行けますように』って。私の聞き間違いだったのかしら？　それとも私が意味を取り違えているのかしら？」

マリアはうつむいたままだった。

「あなたが歩んできた人生って……ただもう私の頭を混乱させるばかりだわ。どう寄り添ってあげたらいいのか、ついていけないほど激しくて、知れば知るほど――」

足音が聞こえ、サリーはドアを開けて出ていった。廊下の曲がり角でヘレンとすれ違った。

サリーの部屋の壁には今年のカレンダーが貼ってある。日にちの所々に丸がついている。丸は、五月の最初の火曜日、マリアがここへ来た日の前日を最後に付けられていない。サリーが夢を見なくなったことに気づいたのは、マリアが来てまもなくのことだ。夢の子はすっかりマリアと重なってしまい、夢の子のことを考えようとすると、物置部屋のマリアのことを考えることになった。今では、いくら呼んでも夢の子は現れない。現実のマリアは夢の子を完全に追い払ってしまった。夜の夢は終わり、舞台はさんさんと日の照る昼間に移ったのだ。夢の子は激しかったが、現実のマリアははるかにそれをしのいで、怒涛のごとくこちらに襲いかからんばかりに感じる——

夜になって、マリアの傷がどんなぐあいか、ひと目見ておくつもりで見舞いに行った。マリアは部屋にいなかった。炊事室にもおらず、ミネルに聞いても、知りましねえ、と言う。そこにいたノゼッタに聞いた。

「夕食のあと物置部屋へ入っていくのを見ましたがね。さあ、それからは。マリアの見張り番じゃありませんもんで」

サリーは胸騒ぎを覚え、セバスチャンのねぐら、東の一番奥の北部屋に行くため、北玄関から外へ出ようとした。と、廊下に人影が映り、ドキッとして振り向いた。

「誰？」

人影が笑った。

「お忘れだったのなら、来なきゃよかったわ」

「ネッティ」

人騒がせだと言わんばかりにサリーは、あしたまたいらっしゃい、と言って、返事も聞かず、玄関の錠を外して出ていった。ネッティがそのままそこに立って待っていると、果たして五分もたたずにサリーは落ち着かない様子で戻ってきた。

「叱られるのをあしたに延ばすなんて、いやだわ、先生」

「それなら、なぜもっと早く来なかったの？」

サリーは適当にあしらい、ネッティの前を通り過ぎて新校舎のほうへ急いだ。

「捜していらっしゃるの？」

サリーは足を止めた。ネッティのさげすんだ言いぶりが、サリーが自分の影でも探しているように響いたからだ。それはご自身の足元よ、と続きそうに。

「マリアを捜しているのよ。知っているの？」

「誰でもみんな知っているわ」

思わぬ返事が返ってきた。

「サリー先生もご存じなのかと思っていたけど」

思っていたけど、これは面白いことになりそうだわ、と言いたげだ。

「マリアはどこなの？」

ネッティは勿体ぶり、両手を後ろで組んで、甘えるように体を揺らした。

「きょうのマリアの怪我のこと、あたし悪気じゃなかったの。許してくださったら、言うわ」

「無条件よ、ネッティ。早く言いなさい。どこにいるというの？」

サリーの焦る様子をたっぷり楽しんでから、ネッティは、言うわ、と言った。

「そう慌てなくてもいい所にいるんだもの」

「どこなの？」

「校長先生の寝室よ」

ネッティはあごで方向を指した。

「寝室？」

「そうよ。マリアは毎夜、校長先生の寝室に通っているの」

「どういうこと？」

サリーは眉をひそめた。

「みんな知ってるわ。給食婦だって知ってる。知らないのは旧校舎の人たちだけだわ。それから、あたし達が知っているということを知らない校長先生。ご自分は秘密でマリアを呼び寄せていると思っていらっしゃるのよ。ところがどっこい、校長先生の寝室に消えるマリアの姿は有名なのよ。ウィバは何度も見ているし、チカノラも夜、食堂に忍び下りたときに目撃したと言うし、いまさっきあたしが来るときにも、入っていくとこだったわ」

「校長先生の寝室でマリアは何をしているというの？」

ネッティは笑い出した。

「そんな野暮なことをお聞きになるの？　仲良く二人でおねんねしているところを、行って確かめてごらんになったら」

「ばかな口のきき方はやめなさい。校長先生は立派な方です。きっとマリアは勉強でもみてもらっているのでしょう」

「サリー先生は何にもご存じないのね。マリアはスペアの鍵を持ってるのよ」

「スペアの鍵？」

「校長先生の寝室のスペアの鍵よ。だって、真夜中にそこを出るときに、マリアはその鍵でドアを閉めるんですもの。それはゆうべの新情報だったんだけど、それぐらいでは、みんなもう驚かなくなったわ。あの子、かわいい顔してるけど、相当なあばずれだわ。たぶらかされたのがサリー先生でなくてよかったって、みんな言ってる。サリー先生のお部屋のスペアの鍵なんか持ってたりしたら、即刻半殺しだもの」

サリーは自分の部屋へ入ろうとした。

「あたしのことはどうなさるの？　先生」

「帰りなさい」

サリーの机の上には、やりかけの翻訳仕事が乗っている。借金を返すためには、せっせと働かなければならない。サリーは続きをやるために机に向かったが、両腕をついて、その中に顔をうずめた。

マリアの足音を聞き捕らえたのは、二時間もたってからだった。鉄扉の音がなければ、聞き逃してしまう、か弱い足音だ。サリーは手を握りしめて、じっとそのかすかな音を聞いていた。次第に近づき、この部屋の前を通り、だんだん遠のいていく。

「マリア」

思わず口をついて出た自分の声に驚く。小さな呻くような声だったので、部屋から漏れることはなかっただろうと思う。しばらく耳を澄ますが、果たして何も聞こえてこない。行ってしまった――

体に鉛が入ったように重かった。が、急に立ってドアを開けたのは、ある直感からだ。突き当たりの細長い窓の下で立ち止まるマリアの姿を、月明かりが照らし出していた。いまにも闇に溶けてしまいそうな頼りなさだった。サリーが名を呼ばなくても、マリアはこちらに気づいた。

「どこへ行っていたの？」

サリーは近づいていった。

「校長先生の所へ」

「そこで何をしていたの？」

「校長先生のおひざの具合が悪いので、揉んで差し上げていました」

揉む。そういう体の接触に、サリーは清潔なものを感じない。こんなに遅くまで校長が生徒を拘束し、足などを揉ませていいはずはない。

「いつから、そんなことをしているの？」

「もう二週間ほどになります」

親睦会のあとマーガレット事件があったあの夜からのことだ。マリアが体を売っていたと知って、そういう者には何をさせてもいい、と校長の認識が変わったのだろうか。これに関してマリアに罪はない。

「腕の傷は痛くないの？」

「昔でしたら、これに塩をこすりつけられて、その上から鞭で打たれるところです」

「そんなことをされてきたの？」

サリーは悲痛な声を出した。

「あなたが虐待されたり、痛めつけられたりするところを想像するだけで、私は息ができなくなってしまう……この間、どうでもいい身になりました、と聞こえたけれど、自分のことを、どうでもいい体だと思わないで、マリア。あなたは私の大切な生徒なの。とても大切な……。だから、自分の体を大事にしてほしい……。あなたが体を売っていただなんて、信じられないわ。それが解放後の二年間のお話だったのね。二人きりになったときにお話します、といつか言っていたけれど、このことだったの？　本当に私に話すつもりだったの？」

マリアはうなずいた。

「解放といえば、あなたはたったの十歳ほど。あなたのことをどう考えていいのか、わからないわ……」

階段の上のほうから木のきしむ音が聞こえたような気がした。サリーは居ずまいを正し、物置部屋へ戻るよう、目でマリアに合図して、自分も急いで部屋に引き返した。


学年末テストが終わり、その結果を見てサリーは驚かずにいられなかった。ときどき行う小テストでもマリアの成績はよく、スペイン語も徐々にわかってきたようだし、好きでないと言っていた歴史や数学も悪くはなかったのだが、学年末でほぼ全科目を制覇するとは思っていなかった。中途入学をして、放課後は厨房の手伝いをし、夜はウェルジ校長の足を揉みながら、よくやったものと思う。もっとも音楽だけはレナに取られ、屋外授業は平均以下というヘレンの評価だったが。

「あの子は優秀ですよ」

校長室で、サリーがマリアの成績を報告すると、校長は満足の笑みを浮かべて言うのだった。

「気立てのいい子だし、奴隷あがりでなければ養女にしたいところですわ」

校長の変わりように、サリーはびっくりした。

「そう驚きますな。いろいろ話を聞いてみると、かわいそうな子ですよ」

「マリアがいろいろ話をしますの？」

「口の重い子ですが、辛抱強くくり返し聞くと、はい、とか、いいえ、とか答えるので、ぽつりぽつつり聞き出せましたよ。売春をしたといっても、あの程度なら、まあ、問題にすることはありませんね」

「あの程度？」

校長は笑い、立っているサリーに椅子をすすめた。校長の口から聞くのは、恥ずかしい、というよりおぞましくてたまらなかったが、『あの程度』というのが、だいたい理解できた。自分が直接マリアから聞けなかったことが、じだんだ踏むほど悔やまれた。マリアの生き方を、ただ信じさえすればよかったのに、いろいろ聞き知る衝撃に気持ちを翻弄されてしまった。いますぐ物置部屋へ飛んでいって、無性にマリアに会いたかった。話がしたかった。チャイムが鳴り、それが夕食の時刻を告げるものと知ったとき、いま体内に物を入れることがどんなに難しいかを感じた。ほかのものでいっぱいに満たされていたからだ。

校長室を出ると、階段を下りてくるヘレンとレナに会った。レナがしょんぼりしているので、どうしたのか尋ねると、夕食後あなたに会いたいというのを、面会理由がはっきりしないため不許可にしたのだ、とヘレンが答えた。レナは今朝も、教師専用の食事室の開け放された窓の下をうろつき、朝食はもう済んだのかとクニリスに声をかけられると、今からです、と言って走っていった。休み時間に何となくこちらへ近づいてくるような、かと思うと逃げるような態度を見せて、様子が変だった。後で呼んでみようと思っていたところだ。

「夕食後に来させてください、ヘレン。私も今回の成績のことでレナに話がありますから」

物置部屋へ行くのをそのあとにして、サリーが机に向かいながら待っていると、レナは約束よりもだいぶ遅れてやってきた。部屋に入るなり、両手で胸にしっかりと白い封筒を抱えて、ドアに寄りかかってしまった。

「ふふ。テスト勉強に身が入らなかった原因は、どうやらその封筒にあるらしいわね、レナ。前回より五科目も下がっているわ」

「サリー先生……私、悪い子なの」

「立っていないで、こちらへ来て座りなさい」

レナは白い封筒を抱えたまま、腰を半分乗せる格好で長椅子に座った。

「出張中のお父さまからのお手紙、というのではなさそうね。ボーイフレンドでも出来たのかしら？」

レナの深刻な様子をからかうような調子で話しかけたが、レナは一点を凝視し、思いつめた表情で口を開いた。

「ずっと前からどうしていいかわからないでいたの。ゆうべテストが終わった途端に、ほとばしるように自分の気持ちを便せんに吐き出してしまったのだけど、怖くなって途中でやめたの。

これは渡してはいけないような気がするの、先生」

助けを求めるように、レナはサリーの顔を振り仰いだ。

「誰にお手紙を書いたの？」

「クラスのお友達に……禁じられているのはわかっているの。でも、どうしても書かずにいられなかったの。先生に先に読んでいただいて、渡してもいいかどうか、お聞きしたいの」

レナは宝物のように、宛名のない白い封筒を差し出した。サリーは何やら不安を覚えながら受け取った。中から便せんを取り出すと、『マリアへ』という書き出しがあった。丸みのある女学生らしい字体で始まり、それが次第に乱れて薄い字になっていく。


『マリアへ。

お手紙を差し上げることをお許しください。他の人だったら、こんなものを書き綴ったりしません。笑われるだけですから。でも、あなたが笑わないでくださることは、いまここにある花のように確かです。いまここ、私の机の上には花があるの。テストが終わった後、すぐに外へ出ていって摘んできた名もない花です。どんな花もあなたをたとえることはできません。でも、いろいろな花があなたにたとえられるの。このかわいい花もまるであなたのよう……ついこの間まで花の美しさは、私には関係がありませんでした。それは本の中のりっぱな男の人たちが褒めたたえるものだったの。でもいま、あなたを通してそれは私の中に入り込んできます。

あなたを通して私の血にしみ込んで、いまでは花の美しさは全部私のものなの。

けさ席に着くとき、ナシータがいたずらして私の椅子に胡椒をまいたのを知らずに、スカートを広げてフワッと座ったものだから、それで後ろのポージ達まで、あんなくしゃみの発作をやらかすことになったの。そして、びっくりしてこちらを見たあなたと目が合いました。私、胸にジンと来て、あとのテストがめちゃくちゃになってしまいました。考えてはいけない、考えてはいけない、と思うのだけれど、気づくとやっぱり頭の中にあなたがいるの。あなたと目が合うためなら、どんないたずらをされてもいいと思うぐらい……こうしてお手紙を書いていても、心が溶けてしまいそうだったあの瞬間のことを思い出すと、ペンを置いて胸を押さえなければなりません。

人がいくらあなたの悪口を言ったり、変な呼び方をしても、私は何も信じません。私には自分で感じたものだけがすべてなの。あなたが汚れているというのなら、私なんかその百倍も汚れています。他の誰よりもあなたは神聖です。あまり神聖なので、近づくこともできません。そしてあなたが触れたものは、どんなつまらないものでも神聖になってしまう……。お昼休み、あなたのいらっしゃらない席に、おそるおそる近寄ってみることがあるの。その椅子も机も、私なんかの手の届かない魅力と、おかしがたい空気に包まれていて、私は体じゅうが心臓になったみたいに、あわてて戻ってきます。その席にあなたがいらっしゃると、それはもうこの世のものではないようです。なぜみんなが平気で近づいて、あなたをぶったりたたいたりできるのか、私には理解できません。きっと人にはあなたが見えないのでしょう。あなたの瞳に比べたら、みんなの目はビー玉です。物にぶつからない程度に見えているに過ぎません。悪口ではないの。どんなにあなたが高いところにいらっしゃるか、表しようがないんですもの。あなたのことを考える資格だって、私にはありません。でも考えてしまうの……そして、こんな無作法なお手紙を書いているの。なぜだかわからない、こうして書いていると、あなたはひと筋の光のように私を悲しませるの……』

サリーは読み終わったあとも、しばらく便せんに目を落としていた。それから便せんを折り目どおりに畳んだが、封筒に戻さずに手に持ってレナを見た。

「これはラブレターだわ、レナ……出してはいけないわ」

「やはりそう思われる？」

「あなたの気持ちはよくわかるのだけれど、これをもらったマリアのほうは、とても困ると思うのよ」

「ええ、先生……。自分でもおかしいと思うの。このごろは特に、口では言えないような気持ちになるの。マリアがいると思うだけで、胸がいっぱいになって、泣き出してしまいたいような気分なんだけれど、でも幸せで、何をしていても落ち着かないの」

「いつからそんなふうになってしまったの？」

「わからないの……いえ、たぶん――マリアとは、ハイボ小学校で一緒だったんだけれど――」

「ハイボ小学校で？　あなたの出身小学校は、たしか私立の何とかっていう――」

「解放された子供達があまりたくさんハイボに入ってきたので、私立へ転校させられたの、先生。ハイボ小学校でクラスは違ったけれど、孤児院から来た上級生というのはマリア一人だけだったから、よく見に行ったの。休み時間でもいつも一人ポツンと勉強していて、授業がひけると、わんさかいる孤児院通いの赤ん坊みたいな下級生達の世話をしていたの。そのときには、偉いな、と思って感心して見ていただけで、特にお話してみたいとも思わなかったの。マリアがここへ入ってきてから、お友達になれたらいいなと思い始めたんだけれど、それはとんでもない話だということが、だんだんわかってきたの。マリアのお友達になる資格なんか、私にはこれっぽっちもないの、先生。そんな時あのいたずら――マリアをサリー先生に縛り付けたいたずらがあったでしょ？　ポージと一緒に物置部屋へ連れていってあげて、ベッドのマリアを見守っているうちに――急にポージが私のほおをぶったの。びっくりして顔を上げると、ポージもびっくりした顔で私を覗き込んでいるの。私、マリアのお部屋にいることに酔いしれて、心がどこかへ飛んでいって、魂が抜けたみたいになっちゃったらしいの。そこいらへんから、私の胸が旅を始めたようなの」

「レナ」

サリーは心なしか潤んだ目つきで、穏やかに言い含めるように話した。

「手紙を書いたりすると、自分の本当の気持ちよりも、ずっと大袈裟になってしまうものなの。マリアはあなた方と同じ普通の子供なのよ。いいところも持っているし、悪いところも持っているの」

「マリアの悪いところって、たとえばどんなところ？」

「ええ、それは……すぐには思いつかないけれど、人間ですもの、必ずあるわ」

「私には、マリアが天使に見えるの、先生」

「よくわかるわ、レナ。お友達を礼賛することがいけないと言っているのではないの。心に思い詰めてこういうお手紙を書いてしまうことが、あまりいいことではないと言っているの。ひとりよがりの言葉に酔ってしまうし、目の前に相手の表情もないので、つい考え過ぎて極端に理想化してしまうものなの。だから、レナ、手紙でなく、ちゃんとマリアの顔を見てお話するといいわ。マリアが好きだというなら、直接マリアに向かってそう言いなさい。あの子は、それくらいのことを受け止められる子だわ」

「マリアのそばへ行くだけでも心臓が破裂しそうになるのに、どうしたらマリアとお話ができるとおっしゃるの？　こんにちわも言えないのに、お話がしたいなんて、まして、好きです、なんてどうしたら言えるとおっしゃるの？」

「それでは、『こんにちわ』から始めなさい。私がきっかけを作ってあげればいいでしょう？」

「いいえ、だめ、先生。私、死んじゃう」

「そういうふうに考えること自体が、良くないと思うのよ、レナ。何でもないことだと思って、マリアとお友達になりなさい。あの子もきっと喜ぶわ」

「マリアが私のことを好いてくれるとは思えないの。マリアはサリー先生が好きなの。ベッドの中でふるえているのを、ずっと見ていてわかったの。先生のことは、みんなが好きなの。私も先生が好き。先生ならマリアとお友達になる資格が十分おありなの。それだから、何でもないことだっておっしゃれるの。それに比べて私ときたら——」

「あなたはとてもいい子よ、レナ。マリアのお友達にふさわしいわ」

サリーは心を込めてそう言い、そのあと急ぎの仕事でも控えていて時間がなさそうなせかせかした様子になり、くずかごをそばに引き寄せた。

「このお手紙は破いてしまってもいいわね？」

そう聞いたものの、レナの返事を待たずに不必要なほど細かく裂いていた。

「貴重なお時間を、お邪魔してしまってごめんなさい」

「機会を見つけて、あなたがマリアと普通にお話ができるように、引き合わせてあげましょう」

その機会は思いがけなく早く来た。サリーがドアを開けてレナを出したとき、ちょうど廊下の向こうから、マリアが窓づたいに歩いてきたからだ。レナは動転して、サリーにしがみついた。サリーはほほ笑み、マリアが二人の邪魔にならないように通り抜けようとするところを、呼び止めた。

「校長先生の所へ行くのね？」

マリアがうなずいた。

「途中までレナと一緒に行きなさい」

サリーの手の中でレナがビクッとして、わなわな震え出した。サリーは構わずレナをマリアのほうへ押しやった。常夜灯の薄明かりの中でも、レナがこれ以上ないほど真っ赤になっているのがわかる。マリアが戸惑いながら待っていると、レナは体をコチコチにしてマリアと並んだ。マリアが歩き出すと、レナもぎこちなく足を動かした。

「おやすみなさい、レナ、マリア」

二人はそれぞれ小さな返事をし、並んで歩いていった。鉄扉の所まで来ても、レナが何も言わないので、マリアは長い間言いたいと思っていたことを言った。

「いつも私を助けてくださって、ありがとうございます」

レナは心臓がパンクしそうになっていたので、

「いいの」

と言うのが、精いっぱいだった。マリアが鉄扉を引っ張って開けた。そして、レナを通すためにそのまま押さえていた。しかし、ドアは強いバネ仕掛けで自動的に閉まろうとする力を持っており、しゃっちょこばってグズグズしているレナが通る間じゅう支えているには、マリアの弱い力では足りなかった。レナが敷居をまたいでいるところから、マリアは少しずつ重いドアに引きずられ、レナが早く通ってしまえばいいものを、そこで止まってマリアのために自分もドアを押さえようとするものだから、レナを扉に挟まないためには、マリアが自分の体を内側に入れてかばってやらねばならなかった。その結果、マリアはドアの勢いに押されて、機敏でないレナにぶつかり、二人で転がるように新校舎に押し出されることになった。

「ごめんなさい」

マリアが謝った。

「ううん」

もっと別なことが言いたかったのだが、レナはすっかり上がってしまって、それしか言葉が出てこなかった。マリアは真っすぐ廊下を、レナは右手の階段をのぼろうとした。二人は、おやすみなさいを言い合った。マリアは長い廊下を歩いていき、レナは階段を二、三段のぼったところで立ち止まると、呼吸を鎮めるために手すりに寄りかかった。こんなに静まり返った中でも、マリアの布靴の足音は新校舎では全く聞こえない。そのままじっと耳を澄ましていると、やがて遠くのほうでノックする音、ドアの開く音、閉まる音がした。レナは胸を押さえながら、夢見心地に階段をのぼっていった。

# 十

校長と話し合い、もめ事になるのを恐れて、毎回発表する上位成績優秀者にマリアの名を載せないことにした。果たして安心した皆の吐息が聞こえてきた。

暑い空の下、気の早い馬車が迎えに来ることもある。だが、夏休みが始まるのは一週間後だ。その間に恒例の行事が盛りだくさんにある。テストから解放された子供たちが、息つく暇もないほどだ。伸びた草取りが行われ、ボール遊びの学年対抗試合があり、音楽会が催され、最後に三年生の卒業式が行われる、といったぐあいである。

太陽が昇り始める一時間目の授業の前に、サリーは背の順に生徒たちを整列させ、二人組で草むしりに行かせた。籠が半分埋まるころ一度見回りに行って、それとなくレナとマリアの様子をうかがってみると、私服の上にエプロンをかけてしゃがんでいるレナが、何やら小声で話しかけ、袖なし服を着てひざをついているマリアがそれに短く答える。今度はマリアが何か聞く。レナが、ええ、と答える。まるで姉妹のように仲良く見えて、サリーは安心した。

「あなたたち、何のお話をしているの？　よかったら聞かせてくださらない？」

サリーが明るい声で二人の背中に話しかけると、二人ともびっくりして立ち上がった。

「でも、サリー先生、あの――」

レナは赤くなって口ごもり、マリアは下を向いた。

「でもあの？　何なの？　私が聞いては都合が悪いこと？」

レナが返事に窮してマリアを見ると、マリアも困った様子だったが、どうぞ、とレナを促すようにうなずいた。

「私たち、サリー先生に差し上げるプレゼントのことを話していたの」

レナが打ち明けると、そうだったの、とサリーは微笑んだ。

「楽しみにしているわ」

それから、大声で呼ばれるほうへ歩いていった。

草取りが終わると、レナがやってきた。

「私、マリアとお話ができるようになったの、先生。思っていたとおり、マリアはいつも神様とお話をしているの。何をお話するのかは聞けなかったけれど。だって、マリアは私よりもずっと口数が少ないんですもの」

「ごらんなさい、ちゃんと普通のお友達になれたでしょう」

「ううん、違うの、先生。普通のお友達より、もっとずっと好きなの」

そして、サリー先生、と改めて言った。

「リム族の神様って、あるの？」

「そうね。あるかもしれないわ。独立した民族は、皆その神様を持っていますもの」

「では、マリアの神様はリム族の神様？」

「さあ、知らないわ」

「私たちの神様とは、少し違うような気がするの」

「そうなの？　どういうところが？」

「とても厳しくて、サリー先生に差し上げる花の種類によっても、怒ってしまわれるようなの。そして一度激怒されると、何日も口をきいてくださらないんですって」

「花の種類？」

「ばらは駄目って、神様に止められているんですって」

最後にレナは無邪気な頼みごとをした。

「この夏休み、マリアを私のうちに呼んではいけないかしら、サリー先生」


新校舎の会議室に臨時講師も含めて教師たちが集まり、学年末の職員会議が行われたとき、終わりごろになってクニリスが、最近悪いことが目につきます、と切り出した。

「ジュラシア・アロビー先生。あなたの監督指導はどこか抜けているのではありませんか。それから、サリー・ライナ先生のところでもそうです。好ましからぬ傾向が見られます」

クニリスは黒っぽいチョッキの下で、さも情けないといったふうに肩を動かした。

「はっきりご説明願います、ウーレントン先生」

校長が促した。クニリスは重々しくテーブルの上で手を組み直した。

「女子校は意地悪と危険な愛を学ぶところだ、という中傷をよく耳にします。アロビー先生のあの二人――たしか名前はユピタとロドラだったと思いますが、昼休みに北門の林の中で、あやしい雰囲気で戯れ合っているのを見かけました。気のせいかとも思いましたが、何気なく別の生徒に聞き出してみると、二人は〈いい仲〉だと言うのです。ほかにも何組か、似たようなカップルがいる、とこうなのです。本当だとすれば、実に汚らわしい、遺憾きわまりない話です。ライナ先生のところのレナとマリア、あの二人も近ごろどうなっているのです？　レナのほおの染めようは尋常ではありません。きのうのボール試合の見学組を監督しておりましたら、二人がぼそぼそと話しているので、こっそり近寄って盗み聞きしてみると、

『ゆうべ、あなたの夢を見たの、マリア』

と、レナが言っているのです。

『どんな？』

と、マリアが聞くと、

『どんなって……その……ううん、たいした夢ではないの。何でもないの』

と、言いながら当惑するのです。こんな会話が健康な女学生の会話でありましょうか。よほど二人を呼んで叱ろうかと思いましたが、ライナ先生、あなたの生徒ですから私の出る筋合いではありません。レナがかわいい子だけに、マリアのような下賤な者によって朱に染まっていく

のを見るのは、誠に残念でなりません」

校長はいささか驚き、まずジュラシアに申し開きをするよう求めた。

「いやらしい勘ぐりですわ、ウーレントン先生。ユピタとロドラは仲がいいだけです。仲のいい二人組はたくさんいますけれど、みんなはち切れんばかりに健康で、成績もいいですわ」

「成績とこれとは関係のないことです」

と、クニリスが言った。

「あら、そうかしら」

と、ジュラシア。

「一つの目安にはなると思いますわ、ウーレントン先生」

テーブルの端に座ったシモーヌ・エヌアがジュラシアの肩を持った。その顔には相変わらずの微笑みが浮かんでいる。

「何であれ、不健康な遊びに没頭している生徒の成績は、必ず落ちるものですから」

「サリー先生はどうお考えですか？」

クニリスが切り出したときから目を落とし、今は半ば目を閉じているサリーに、校長が問いかけた。サリーはまぶたを全部は上げずに、静かに話し出した。

「思春期のあこがれを同性に抱くことは、私は美しい、むしろ必要なものとさえ考えています。たとえそれが恋愛感情に似たものであっても、女性の成長過程に合ったことだと思っています。十代前半の、まだしっかりした考えも身についていない女の子が、いきなり男の子との恋に陥って一生を台無しにするよりも、同性にあこがれ、胸を熱くし、思い悩んで、愛に対する様々な認識を深め、学ぶことはいい順序だと考えます。やがてここを卒業し、異性にめぐり合ったとき、それが妨げになることはまずないばかりでなく、道を誤らないための道標にさえなるのではないでしょうか」

途方もない意見にざわめきが起こり、バーバラ・ゴスなどは、まあ、サリー先生、と呆れて叫んだ。クニリスは目を白黒させ、聞き捨てならないとばかりに語気を荒げた。

「女の子同士が抱き合っても構わない、とおっしゃるんですか？」

「女の子同士で体の関係にまで及ぶことは稀です」サリーが答えた。「女の子は男の子と違って、胸の中だけで思いが燃焼するからです。一時的に身体の触れ合いを求めるような場合にも、周囲が大騒ぎをして引き離し、抑制するものですから、余計に気持ちをあおってしまうことになるのです。自由に話をさせ、仲のいいのをあたたかく見守ってあげるならば、淡い恋心はいつしか溶けて、美しい友情に変わっていくことでしょう。私が見ていて、これは危険だなと思われるときには、重症にならないうちに二人を呼んで、私の見ている前で明るく話させたり、握手をさせたりします。それを禁じて、叱ったり、監視したりすればするほど、二人は自分たちの秘密の殻に入り込んでしまい、ますます危険な状態になっていくだけだと思うのです。いくら厳しく監視したところで、生きた人間のすることをすべて監視し切れるものではありませんから。まして自然に生まれ出る心の内の高まりを、叩き消して回ろうというのは、私たち教師のうぬぼれか体裁でしかないと思います。去年の私の卒業生の中に、この方法で成功して仲良しになった生徒がおりますわ。ローラとマロンデを覚えておいでしょう？　あの子たちから、何かいかがわしいものをお感じになりまして？」

「ローラは、サリー先生、あなたに夢中だったんじゃありません？」

ジュラシアが楽しい事実のように言った。

「私に思いを寄せてくる生徒に対しては、精いっぱい受けとめてあげるようにしています。必要なときには、こだわりなく抱きしめてさえあげますわ。そうされた生徒は満たされて、有頂天になったり、自慢したりしますが、やがて私と自由に話ができるようになります。愛や憧れが未知のもの、手が届かない遠いものを対象とするならば、私はせいぜい自分の心を開いて、醜い部分も悪い部分も生徒に見せるようにします。すると、ちっとも神秘的でなくなり、私もその生徒と同じ人間であることがわかって、余分な気持ちをなくするものです。ローラの場合には、私とごく普通の仲良しになったあと、親友のマロンデにおかしな気持ちを抱くようになりましたが、私は適切なリードをしたと思っています。二人は本当の姉妹のように協力し合って生きていくことでしょう」

「とんでもない話です」

クニリスはテーブルを拳でたたいて断固、不賛成の意を表明した。

「理想論をこねくり回したそんな屁理屈に、私はごまかされません。まあ、おとなしく聞いていれば、なんということを。物事というものは、万事そう計画どおりに運ぶものではありません。十のうち一ぐらいは、おっしゃるみたいになったとしても、あとの九割はあなたの目の届かないところで堕落していくのです。女の子同士の体の関係が稀だなんて、どういたしまして。休み時間に教室を覗いてごらんなさい。座っている子が、立っている子の腰に腕を回して、みぞおちに頬をくっつけて『気持ちがいい』などと言っているのですよ。私のクラスでは、小うるさく身体の触れ合いを叱り、手をつないで歩くことも、一切禁じております。いまのライナ先生のお話は、じっくり成り行きを見守ることのできる少人数の家庭教育においては、いい方法かもしれませんが、校則と規律を頼みに統率していかねばならない人数の学校教育には、全く向きません。大失敗して、あとで泣くことになりましょうよ」

「サリー先生の方法でも、ウーレントン先生の方法でも、失敗の率はたぶん同じですわ」

背もたれに深々と寄りかかったシモーヌが、洗練された抑揚で発言した。

「ただ、長い目で見た成功率のほうは、サリー先生のほうには一割にしろ、ありましょうが、ウーレントン先生のほうにはゼロでございましょうね。自制心のまだ十分でない者の感情が外部から抑圧された場合、学校にいる間はうまく問題が表面化せずに済んでも、心の奥底に毒素が根付いてしまうからです。思春期に根付いた毒素こそ、人の一生を左右するものではございますまいか。その毒素を溜めないという点で、サリー先生のご意見は一考に値する、と私は考えますわ」

「私ごとき一介の臨時講師が口出しするのは、大変僭越なんでございますけれども、あまりサリー先生のご意見に驚いたものですから」

シモーヌの隣におとなしく座っていたバーバラが、この会議で初めて口らしい口を開いた。

「生徒たちが教師を慕う気持ちはわかりますし、サリー先生に関しては、私も大好きで尊敬しておりますから、そのことで子供たちが道を誤ろうはずがございません。ですが、それが未熟な生徒同士となると、成功率だの失敗率だのは別として、一般的な常識から考えて、危険な邪道のように思われます。同じ失敗にしても、ウーレントン先生のほうが、教師としての責任は果たされておりますわ」

サリーは自分のやり方に絶対の自信があるわけではなかったが、クニリスにもシモーヌにもバーバラにも返答をせず、ものやわらかく校長に顔を向けた。

「思うようにいかない場合もあるかもしれませんが、私は最善を尽くして、私の考える方法をこれからも試していくつもりです。それよりも、私を嫌う生徒、私が嫌いな生徒のほうが、よほど悩みの種ですわ」

「各人の考えを尊重することに、私もやぶさかではありませんが、重々注意をして生徒たちを見守ってくださいよ。私が責任を取らねばならぬような不祥事になることだけは、ごめんこうむりますからね」

おおよそのところで妥協したときに見せる小刻みの首振りをしながら、校長がまとめた。『嫌いな生徒』というサリーの言葉から、体裁を装った教師たちの欺瞞が二十も三十も並べられたのち（愛よりももっと、嫌悪は素直に論議されることが少ない）、クニリスが来年度の新入生の面接予定を校長と相談し、会議が終了した。立ち上がりながら校長が、この夏休みの計画を軽く皆に聞き、そのあとサリーに言った。

「マリアのことですが、ひとつ私と一緒に家に連れて帰ってみようかと考えているんですよ。いやいや、小間使いに使おうなどとは考えていません。よるべない孤児として迎えて、家庭のあたたかさというものを味わわせてやりたいと思っているのですよ。三人目の孫が生まれましてね、それはそれはにぎやかな家なんですわ」

突拍子もない校長の計画に、クニリスはあっけにとられ、ジュラシアとバーバラは校長の寛大さを褒め、シモーヌは意味ありげに口元をほころばせたが、サリーは顔色を変えずに静かにこう言った。

「マリア自身に選ばせてやってくださいませ、校長先生。クラスの中にも、マリアを連れて帰りたいと願い出ている生徒がおりますの。マリアがそれに何と答えたのか、まだ聞いていませんが、マリア本人の意向を尊重してやっていただけないでしょうか」

「あなたがここに残ると言えば、マリアは恐らくここに一緒にいたがりましょうよ、サリー先生」クニリスが意地悪い目つきで言い、校長に首を回した。「校長先生までがいったいどうなさったのです？　何をみんなマリアに狂っているのです？」

「狂ってなどおりませんよ、ウーレントン先生」

校長は不機嫌に弁解した。

「マリアが悪い子でないので、その厳しかった奴隷人生に、ひと月ぐらい愉快な思い出があってもよろしかろうと思ったまでです。それから、もちろんマリアの意思を尊重しましょう、サリー先生。ただし、それは私に任せていただきます」

任せてということは、自分が言い含めるということなのだろう、とサリーは考えた。元気のないサリーに向かって、あの大女もあれ以来来ないじゃありませんか、などと校長は機嫌を取り、午後からの音楽会の会場に向かっていった。


新校舎の音楽室で音楽会が始まった。隣のクニリスの教室との防音の仕切り壁数枚が取り外されて、広くなっていた。二、三年生が前の席に陣取り、一年生が後方に座り、さらにその後ろに食堂のテーブルが持ち込まれて、教師たちが二人ずつになって腰掛けた。

「お聞きなさい、初めはやさしく肩を抱かれる。知らない間にその肩を引き寄せられて、最後はかたく抱きしめられる。これって、そんなメロディではありません？」

サリーと二人で話すときのシモーヌの言葉は、決まってわけのわからない怪しげな調子を帯び、得体の知れない余韻を引くのだった。杖をついた校長をサリーが助けて、一緒に座ろうと真ん中のテーブルに導くと、窓側がいいと言って、すでに陣取っているヘレンの隣を指すので、そこへ腰かけさせた。それでサリーは廊下側のジュラシアの隣の席に落ち着いたのだが、ジュラシアがちょっと立ったすきに、シモーヌがやってきて、そこへ座ってしまったのだ。

「ごらんなさい」

と言うものの、シモーヌはどこも指さしはしない。二年生の合唱もよかったが、次のバイオリンの独奏は、奏者の生徒の才能が十分うかがわれる出来だった。三年生のマンドリン合奏の前にクニリスのピアノ独奏が入った。

「見ていてごらんなさい、手でぶったとしても、ピアノの或る一つの音ほど、あの子を揺さぶることはできません」

「あの子?」

抽象論かと思って聞いていたサリーが面食らって尋ねても、シモーヌは質問に答えず、ただ微笑むだけだ。やがてまた小声で話しかけてくる。

「それは売れないものなのです。三つのうち唯一自分で意識することも、したがって売ることもできない幻なんですわ。それがどこにあるのか、自分では決してわからないものです。鏡に映すこともできなければ、心の中で考えて、決めたり、覚悟したりすることもできません。それは油断された隙間から、うっかり外に出てしまうものなのです。用心のしようがありません」

「何のお話か、私にはさっぱりわかりませんわ、エヌア先生」

サリーは降参して言った。すると、シモーヌは明白にすることを恐れるかのように口をつぐんだ。あるいはサリーの鈍感なことに愛想をつかして。あるいはまた単に、サリーの声の高かったことに気をそがれて。


マリアは幾晩も続けて夕食の直後から校長に呼ばれ、遅くまでその寝室におり、昼間は昼間でいつもレナがそばにいた。二人が何を話しながらか、校庭を川のほうへ向かって歩いて行く姿が、サリーの部屋の前の廊下から見える。

「嫉妬していらっしゃるの？」

ネッティがお腹を突き出し、肩でサリーの部屋のドアに寄りかかっていた。

「誰かと思ったわ、ネッティ」

サリーは窓から離れた。

「答えて、先生。図星じゃなくて？」

「馬鹿な質問をするものじゃないわ」

「嫉妬していなかったら、そうはおっしゃらないでしょう」

「あなたの聞き方が悪いのよ、ネッティ。あの二人の仲の良さは、羨ましいと思っているわ。私はここでひとりぼっちですもの。悩みを打ち明ける人が、私には誰もいないの」

「先生は悩んでいらっしゃるの？」

「生身の人間ですもの、いろいろ悩みがあるわ」

「マリアのこと？」

「いろいろなことよ」

「マリアのことも入っていて？」

「マリアのことも、あなたのことも入っているわ」

「ごまかすのがお上手ね。マリアのことをどんなふうに悩んでいらっしゃるか、だいたいの見当はつくわ。残念ながらサリー先生は、校長先生には勝てるかもしれないけれど、あの調子ではレナには負けるわ」

「あの調子？」

「やっぱりそこをお聞きになるのね」

「担任として生徒たちのことを心配しているのよ、ネッティ」

そう言い捨てて部屋の中に入ろうとすると、ネッティがドアの前に立ちふさがって、レナの口調をまねた。

「『将来男の人とうまくやっていけるかしら、ってときどき思うの。でもいつかは男の人と結婚をしなければならないでしょう。だから私は友情の結婚をすると思うの。だって、とても男の人を愛せそうにないんですもの』

レナがこんな調子で言うと、マリアはこう言ったわ。

『愛することも、愛されることも、私にはきっと一生許されません』

こんな会話をしているのよ。どう思われる？」

ネッティがドアの前をどきそうにないので、サリーは部屋へ入ることを断念して新校舎のほうへ歩き出した。ネッティはあわてて隠し持っていた箱を差し出し、一年間ありがとうございました、と言った。チョコレートだった。

「ありがとう、ネッティ」

サリーは隙を見せなかった。

「サリー先生にも情欲っておありになるの？」

「ひどい言葉を使うのね。先生に向かって言うこと？」

「誰かを抱きたいとか、抱かれたいとか――」

「引っぱたかれたいの、ネッティ？」

「ええ、構わないわ、先生」

ネッティはサリーを睨みながらほおを差し出した。厚かましい大きな黒い瞳は微動だにしない。サリーは手をスカートのポケットに押し込んだ。

「もっと気高い、もっと尊い、人の心というものを、あなたは考えることができないの？　人は体と、そして心を持っているわ。あなたのように体のことばかり考えていたら、人はみな地に落ちて、尊厳も何もなくなってしまうわ」

「人は、本当のことを言われると怒るものでもあるわ」

サリーはため息をつき、努めて穏やかな眼差しになるようにネッティを見た。

「私を憎んでいるのね？　ネッティ、なぜ？」

「反対よ、先生。先生を愛しているんだわ」

「そんな愛があるの？　口答えばかりして、いじめたり困らせたり、私をやっつけることしか考えていないのに、どうして愛なんか口にできるの？」

「……あたし、いつかマリアを負かしてみせるわ」

こうした生徒を、職員会議で自分が言ったように抱き寄せることなど、できはしない。では、どうやって導けばいいのだろうか。クニリスの言うように、叱り飛ばして、がんじがらめに規則で縛り付け、あらゆる防御線を張ることか。

「負かすなら、勉強でマリアを負かしなさい」

サリーは身を翻し、追ってきたネッティをかわして、自分の部屋のドアまでたどり着いた。

「マリアなら負かしたじゃないの。今度のテストの総合点で、あたし三番だったわ。マリアは上位五位に入っていなかったじゃない」

「マリアは一番を取ったわ」

ポカンと口を開けたネッティを置いて、サリーは部屋の中へ滑り込み、鍵をかけた。

# 十一

部屋の中にはたくさんの花束、自作の絵、びん入りのキャンディ、リボンのかかった小箱などがにぎやかに並んでいる。サリーは長椅子に座り、テーブルの上の一輪の赤い野ばらを見つめていた。いましがたミンダとレナとマリアの三人がやってきて、ミンダからウサギのぬいぐるみを受け取るのに、どこで買った、何と迷った、と聞いている間に、マリアがテーブルの上にそっと野ばらを置き、レナが続いて紫のカトレアを置いていった。いま生徒たちはこの上の講堂に集められ、休暇中の心得をヘレンから聞かされている。そのばかでかいガラガラ声がここまで届いている。サリーは野ばらを手に取り、外へ出ていった。

抜けるように青い空を、白い雲がどこへ行くともなく漂っている。マリアは夏休みじゅう校長の足揉みをさせられに行くだろう。それからたぶん孫のお守りと、皿洗いと。ニワースの家はまだ売れそうにない。借金には利息がどんどん加算されていく。この夏休みは精を出して働かなければならない。この先何年間かは、来る日も来る日もこのような忙しさだろう。一人で生きていくというのは、こんなに大変なことだったのか、などと音はあげないが、それにしても、自由とはなんと高価なものなのだろう。重荷に押しつぶされそうになるのを、夢だけが支えてくれる。

夢——もう夢とは言えなくなった。対象が実在するのだから。これはレナの手紙のような感情だろうか。否。自分は率直にマリアを愛している。師弟愛以外の何ものでもない。それはもう命をかけて自信がある。教師にとって生徒の才能に出会うことほどうれしいものはない。また人間として、高い魂に出会うこと以上の喜びがあるだろうか。

野ばらの匂いを嗅ぎながら北の林をぶらぶら歩くうちに、木陰に腰を下ろした誰かのスカートの裾が見えた。地模様のある明るいグレーというのは、たぶんシモーヌ・エヌアー——スカートが引かれ、シモーヌが立ち上がって姿を見せた。

「物憂い、まどろむような、悲しげでいてどこか心に弾みのある、そんな足音を聞きながら、どなたかしら、と一人で謎解きをしていましたのよ。やはりあなたでしたわ、サリー先生。きれいな野ばらですこと。誰から？」

サリーはちょっと頭を傾げて挨拶し、シモーヌの言う事は聞こえない振りをした。シモーヌは安定感のある腰の上にふくよかな上体をゆったりと乗せた姿勢で、木に軽く寄りかかった。

「生徒たちはほんのちょっぴり私を慕ってくれますわ。ですが、決して私を愛しはしません」

サリーは隣の木のそばに立ち、上の空のような表情でシモーヌの言葉を聞いた。

「私は愛されることを望んではいません。愛することで十分なのです。胸の下の胃のあたりで」

いいわ、お話を伺いましょう、というふうに、サリーは自分の灰色の瞳をシモーヌの青い瞳に合わせた。シモーヌは微笑し、低く歌うような、淀みのない声で話し始めた。

「心を見せてはいけません。手を出してはなりません。ちょっと握手をするぐらいなら構いませんけれど。彼女たちの無意識の所作のうちにこそ、完全で無比の美があるからですわ。その秘密の喜びは、一度に味わい尽くせないほど大量です。ですから――」

サリーは息を吸い込んで、髪の毛の中に手を入れた。この不快な臭いをどこまで我慢すれば、シモーヌの言わんとするところが少しでもつかめるのだろうか。ついいらいらした口をはさんでしまった。

「でも、あなたにはご主人がおいでalong
でしょう。愛していらっしゃいませんの？」

シモーヌは腰の上に上体を乗せ直した。

「夫を愛しておりますわ」

表情はよくコントロールされ、弾力があり、人の気をそらさぬ魅力があった。まるで宮中で高貴な人に語りかけでもするようだったが、彼女は夜戯について話しているのだった。

「ですが、肉体の快楽というのは、私には一つの生活習慣に過ぎないのです。それは真の喜びとは言えません。夫がおぼこ娘だった私を、いきなり彼の肉欲の習慣の中に引きずり込んだのです。それは顔を洗うとか、物を食べるという日常生活と大差ないものでした。全然違ったものであってほしかったのに。

少しずつ私を目覚めさせてほしかったのです。愛のささやきから始まって、手を握ること、肩を抱くこと、ここまでにさえ一年かけてほしかったのです。夢を見る時間がほしかったのですわ。ところが、男性の単刀直入の欲求は、何が何だかわけがわからないうちに、愛の快楽を、汚いお話ですが、毎日の排泄の快感と同じものにしてしまったのです。そのときには没頭しますが、終わればさっぱりして、あとは考えもしません。そうやって夫は私を愛してくれますし、私も夫を敬い、愛しています。

ところがある日、こう悟りました。自分は愛に飢えている、と。愛？　日常習慣は愛ではありません。愛は習慣ではありません。習慣は愛着を生みますが、燃える愛を生みはしません。燃える愛は、思いがけないことのはずです。それは習慣を破壊するものです。でも、こんなことは昔から言われていることですわね」

サリーは進んでいく話の方向を予感して、野ばらをほおに当てた。シモーヌは声を落とし、ばらを唇にお当てなさい、とささやいたが、無視されたので声を戻して話を続けた。

「夫と快楽を共にする様々な手くだを知っておりますとも。でもそれは、飢えた心臓にも、飢えた胃にも役立ってはくれません。では何が？　何年もかかって、やっと知ったのですわ。女の子の何げない無邪気なしぐさが、とても役に立つということを。ベッドの快楽など物の数にも入らないほど、私の胸を高鳴らせ、幸せで満たしてくれるのは、それなのでした」

サリーはこれ以上聞いていられない思いに身じろぎしたが、目を伏せて嫌悪感に耐えた。

「私、生徒たちを愛しているのです。教師でも母親でもなく、恋人のように。あの子たちのかわいらしさは、心と体のちょうど中間にあるもの——夫や子供を愛していて、生活も安定し、欲望も満たされているのに、私のどこかで何かが不満を叫び続ける、ちょうど胸とおなかの間のあたり——人は気がつかないでしょう。そのあたりを満たしてくれるのです。そのあたりが要求し、欲するものってあるのですよ。精神的でもあり、肉体的でもあり、でもはっきりどちらとも言えない、微妙に中間的なものなのです。夫から愛していると言われても、宝石を与えられても、抱かれても、そこは満足しないのです。そんな気難しい体の部分が、汚れない少女たちに接することで、驚いたことに、すっかり埋められるのですわ。その快さはセックスとは全く質を異にしていて、私をつかみどころのない喜びへと追い込みます。それは長年持続し、うっとりするほど甘美です。いくらパートナーを愛する者でも、映画俳優に夢中になり、賭け事に熱中し、花や動物を愛し、食べ物に凝ったりするでしょう。それぞれ満たされる場所が違うからですわ。

ときどき抱きしめたくてたまらなくなることがありますけれど、そんなことはしません。中間的な幸せが終わってしまいますもの。中間的な幸せ以外のものを求めていませんから、それがなくなれば、女の子なんて私には何の意味もないものになってしまいます。少女たちのほうは私を教師としてしか見ませんから、警戒心もなく、最も美しいしぐさをしてみせてくれますわ。彼女たちは私の顔の皺を見咎めることも、体の衰えに幻滅することもありません。私はまるで透明人間のように、彼女たちが発散する輝きの中に包まれて、酔いしれるのです。それこそが、何ものにもかえられない愛なのです。中でもあのマリアには、頭のてっぺんから足のつま先まで、一本の鋭利な刃物で刺し通されるような衝撃を、与えられたものですわ」

痛そうなほど唇を噛むサリーの表情には、嫌悪と軽蔑と非難があらわになっていたが、シモーヌは素知らぬ顔でふっくらした白い手を伸ばし、ばらの花びらに触れようとした。

「いい匂いですこと」

だが、触れなかった。

「野ばらを見ていると、他の花がみな不器量に見えてしまうことがありますわね。静かに人目を忍ぶように咲いていますが、貪欲な私の目を逃れることはできません。匂い……そう、いつだったか、マリアの間違った綴りを注意しようとして身を屈めたとき、私、気が転倒するような甘い匂いに包まれました。あの子の身体から発散される汗の匂いだと気づくまでに時間がかかりましたわ。乳の匂いに、樹液の匂いと、花の蜜の香りとをごちゃまぜにしたような、それでいて人を酔わせるほど甘美な、言語を絶して甘美な匂いなのです。私、度を失って、何としてももう一度嗅ぎたいために屈み込んで、あの子の背中に顔を近づけました。接吻を抑えることができないと感じた、あれがここへ来て初めての衝動でしたわ」

サリーは狼狽を隠し切れなかった。わざとばらを落として、そのほうを見ながら、そんなことなさいましたの？　と尋ねた。シモーヌは、まさか、というように唇をすぼめた。

「私は痴漢ではありませんわ。先ほども申しましたように、何が起ころうと、決して触れることはありません。心と体の中間にある感性の喜びには、絶大な理性と忍耐が不可欠で、私はだてに年を取っているわけではありませんのよ。その喜びを得るのに、触れる必要はないのです。興味と注意深い観察で、性と人格の微妙な接点に隠れ潜む美をむさぼるのです。当然その美は、理性的な要素を含んでいなければなりません。白痴美なんて存在しません。マリアのような子……あのような子は本当に、私みたいな中間的感性のたけた者のためにあるのですわ。自分ではそうと知らずに目を伏せてじっとしていることで、私の眼差しの愛撫を受けるのです。こちらの眼差しに敏感で、見られていることを知っていますが、その意味を疑うまでは行きませんん」

慇懃な言葉づかい、柔らかな表情、洗練された物腰、それらの中にひそみ、ひしひしと伝わってくる淫らなものは、いまや白日の太陽のもとに凄まじくその全貌を現した。サリーは忍耐の限界を感じていた。ばらを拾って逃げ出したかった。しかし、いつの間にかシモーヌの片手がサリーの腕のわきにあり、彼女の顔がすぐそばにあった。背中には木があり、少しでも体を動かせば、シモーヌに触れることになる。これが男性だったら、近寄らないでください、とサリーは言えた。しかし、社会的な礼儀にかなっている以上、地位も人格もある年配の女性を、むげに手で押しのけるわけにいかず、男性より始末に悪いことが突然わかった。防ぐ術のない接近が一ミリ一ミリと続けられ、サリーは身をかたくして、後ろの木にぴったり背中を押し付けた。

「ウーレントン先生の音楽の授業が終わったあと、マリアを借りたことがありますの。音楽室に立たせて、ピアノを弾いて聞かせましたわ。それはあの子にとって、全身で耐え忍ばなければならない拷問なんですのよ。そのメロディの深い悲しみに、あるいは愛の切なさに、苦しみに、平気でいられない子なのです。メロディを通じて、私、すっかりあの子の心の中に入り込んでしまうことができましたわ。マリアは口を閉じています。笑うことも怒ることもありません。同情も意地悪も、抱擁も殴打も、あの子の表情をひどく変えることはないでしょう。それなのに、指をほんの少し動かすだけで、あの子の心臓をえぐったり、止めたりすることができるんですわ。あの子の全身が入り口なのです。私はどこからでも入っていけます。たぶん誰でも何でも、あの子の中に入ることができるのでしょう。ごらんなさい、心を閉じているように見えて、実は全身の窓が外に向かって開いているのです。ピアノの調べでさえ、あの子をつかんで翻弄することができるのですから。ですけれど、あの子は自分の出口を持っていません。一から十まですべて受け身なのです。世の中のこと、運命、鞭、講義、愛撫、それらを全部ただ受け入れるのです。受け入れたものでいっぱいになって苦しんでいますわ。ああいう子は、長く生きられるものではないでしょう」

シモーヌの執拗な視線は、サリーの瞳に深く入り込み、ある錯乱をそこに認めた。

「私、あなたにも関心を持っておりますのよ、サリー先生。ふふ、驚かないでくださいな」

サリーは気分が悪くなった。シモーヌは徐々にサリーから体を離した。

「あなたとマリアはお似合いですわ。ただご忠告させていただきますけれど、決して愛を告白なさったりしてはいけません。そして、指一本マリアに触れてはなりません。この二つのことをお守りなさい。あとは、たっぷりお楽しみなさいませな」

接近が緩められたすきにばらを拾おうとしたサリーは、最後の言葉でカッと頭に血がのぼり、シモーヌを睨みつけた。

「私、マリアに対してそんな気持ちを抱いておりません！」

一度怒りを表すと、後はどっと、ためらっていた言葉が吐き出された。

「あなたのお話は、放埓な情事さながらです！　淫乱な毒気の立ち昇る、非道の快楽も同然ですわ！　私は教師としてマリアが好きです。紛らわしい欲望だとか、中間的な何だとかなど、みじんも持ち合わせておりません。そんな中学校にふさわしくない陰湿な考えに浸るほど、私は自分をおとしめていませんわ。正々堂々とマリアに、好きだと言うことができます。後ろめたいものが何もないからです」

シモーヌは微笑んだ。サリーは足元のばらを拾って、急いで戻っていった。これ以上ひと言も聞きたくなかった。


卒業式が終わり、明日からの長い休暇を前に、生徒たちはそわそわと部屋を片付けたり、荷物をまとめたりしている。各部屋を点検して回るヘレンの怒鳴り声が響きっぱなしだ。このどさくさの時間に、サリーが数冊の本を抱えて物置部屋へ行くと、校長がいて、マリアはその前にうなだれて立っていた。

「あなたに裏切られるとは思いませんでしたよ、マリア。これ以上の光栄がどこにあるというのです。こちらが食費も持ってですよ、情けをかけて施しを与えようとしているのに。呆れましたね、サリー先生。全く強情な子です」

マリアは下を向いたまま、ごめんなさい、とか細い声を出した。校長はふくれっ面で出ていった。

「どういうことになったのか、教えてくださらない？　あなたはレナの所へ行くの？」

「どこにも行きません。選ぶことができるとおっしゃるので、それでしたらここに残って勉強がしたいんです、と言いました」

サリーの顔に安堵と喜びの色が広がった。持ってきた本を置きにベッドわきの机まで行き、マリアに背を向けて言った。

「私、うれしいわ、マリア。校長先生と一緒に行ってしまうのではないかと思って、それならこの本を貸してあげなければと、急いで来たのだけれど」

「サリー先生もここにお残りになるのでしょうか？」

サリーは振り向いた。

「校長先生は、私が残ることをおっしゃらなかったの？」

マリアは首を振った。

「サリー先生はたぶんご旅行にお出になるでしょう、と言われました」

「ああ、そんなお金があったら、家を売りに出したりしないわ」

マリアの表情が暗くなったが、それはサリーへの同情とは見えなかった。サリーとともにここに残ると知ったら、クラスの者たちは何と言うだろう、と考えているように見えた。

「これはどうしたの？」

机に見慣れない本があるのに気づいて、サリーが聞いた。薄い大判の楽譜である。

「ウーレントン先生から貸していただいたの？」

「エヌア先生から」

思わぬ名前に、サリーはドキッとしてマリアを見た。

「エヌア先生？　エヌア先生とあなたはそんなに親しいの？」

険しい口調にマリアが尻込みしたので、サリーはやわらかく言い直した。

「マリア——エヌア先生のお部屋に呼ばれたりすることがあるの？」

「はい。ときどき」

サリーは動揺を隠して追及した。

「エヌア先生のお部屋で、どんなことをされるの？」

その質問は少し変だったが、素直な答えが返ってきた。

「発声練習を教えていただきます」

「どんなふうに？」

マリアはサリーを見上げた。何を答えていいのかわからなかったのだ。意味が伝わらないのも無理はないと気づき、サリーは具体的に聞きにかかった。

「つまり、お部屋に入って、それからあなたはどうするの？」

「お部屋に入ったら、ブラウスのボタンを二つ外して、片方の肩を出さなければいけないんです」

「何ですって」

サリーは驚愕を隠そうとしたが、だめだった。マリアはすぐに続けた。

「あの、変な意味ではなくて、腹式呼吸のためなんです。クラスで私だけができないので、エヌア先生が見かねて個人レッスンをしてくださっているんです。エヌア先生の前に立って、おなかで呼吸をする訓練をします。でも、私はすぐ胸で息をしてしまうので、違います、と言われてばかりいます。少しでも胸で息をすると肩が動くので、すぐわかるのだそうです」

「ブラウスの上からだって、それはわかります。で、エヌア先生はそれから何をなさるの？」

「何もなさいません。お話をしながら、じっと私の肩を見つめていらっしゃるだけです。ほんのちょっと息が乱れても『肩が動きましたよ』とおっしゃいます」

これではシモーヌの格好の餌食だ。サリーはやり切れない思いに唇を噛んだ。

「ブラウスのボタンを外す必要はないわ。今度からきっぱり断りなさい。人に裸の肩を見せるものではありません」

マリアがまごつくほどの厳しい語気だった。

「私を教えてくださるのに、いやだと言えません、サリー先生」

疑いを持たないマリアに、これ以上言うことはできない。なんというシモーヌの快楽の玩具だろう。校長はマリアに足を揉ませ、クラスメートはマリアをいじめ、マーガレットはマリアを鞭打ち、そしてシモーヌはマリアによからぬ目を向ける、それぞれ思い思いの方法によって、自分勝手ないかがわしい満足を得る。みな歪んだ愛の表現なのだ。なぜ誰もが、内なる声に耳を傾けて、そこに愛を認めたなら、それを素直に言明する、ということをしないのだろう。かわいかったら、かわいいと言えばいい。好きだったら好きだと言えばいい。言うことによって生じる照れや責任や不安を避けたいために、言わずに快感を得るやり方で愛を盗み取る。卑怯以外の何ものでもないではないか！　自分の魂はそこまで汚れていない。この胸の中にあるものは青空に向かって開き、どこまでも真っすぐだ。

そう……いつかマリアに話そう。とても好きで、私にとって誰よりも大切な人だ、と。感情はやさしく表明されていいはずだ。それこそ、やましさのない証拠ではないか。そして大事なことは、マリアがそうした愛情を曲げて取ったり、利用したりする人間ではないということだ。

「あなたの音楽の先生はクニリス・ウーレントン先生です。あなたを個人指導する権利は、エヌア先生にはありません」

しかし、マリアに向かってそう言っても、マリアにはなす術がない。

サリーは物置部屋を出てシモーヌの部屋へ向かった。こんな憤懣を抱えたまま、長い夏休みを過ごすことはできない。シモーヌの部屋にはすでに鍵がかかっていた。サリーは急いで階段を駆け下り、校長に挨拶を済ませたシモーヌが新校舎の玄関ホールを出ようとするところで、捕まえることができた。

「私をそんなふうに蔑んだ目で見ないでくださいな、潔癖症さん。私はそう悪い人間ではありませんのよ。心を許してあなたに打ち明けてしまったことを、どうぞみんな忘れてくださいませな。私は自分が汚れているのを知っている、ということで救われているのです。私を裁くには、あなたはご自分の心を知らな過ぎますわ。聡明な方でいらっしゃるけれど、まだ二十代ですものね。五十歳の悟りなどとは縁遠いということを、私、忘れていました」

そう言って背中を向けて歩み去ろうとするので、サリーは「エヌア先生」と呼びとめた。

「もうマリアを、個人指導と称してお呼びにならないでください。少女の肩をむき出しにさせて、いったい何をお考えでしょうか」

「あなたが物置部屋を訪れるのと同じですわ」

サリーのほうが自信を失いそうになるほど、シモーヌは堂々と振り返って、眉一つ動かさずに答えるのだった。

「それは、同じではありませんわ」

正面から睨み返してくるサリーに、シモーヌは眼差しをやわらげ、泰然と微笑みかけた。

「ご自分を知らないかわいい方。嫉妬なのですよ。そんな疲れる感情に惑わされないよう、ご注意あそばせ。あなた、ご存じかしら、あの美しいくぼみ……内側から腕に手を添えると、ちょうど親指がそこに当たる。でも手のひらを当ててしまっては触れることができない、心を魅了するくぼみ――」

「何のお話？」

「肩と胸の間のくぼみのことですわ。もちろんマリアの」

サリーが髪の中に手を入れてギュッとつかむより先に、シモーヌは踵を返して玄関ホールから出ていった。


「サリー先生は、お帰りになる家がなくて、おさみしい？」

レナが、豪奢な二頭立ての迎えの馬車に乗り込む前に言った。

「いいえ、レナ。新学期の準備を進めておかなければいけないし、この休みの間にやらなければならない翻訳の仕事を山ほど抱えているの。だから、さみしがっている暇はないのよ」

「九月を楽しみにしています。さようなら、先生」

## 十二

双子はアメリカから帰った父親のもとにいる。たぶん浮気から帰った母親も一緒にいるだろう。帰る家のない者、マリア、サリー、ミネル、セバスチャンの四人と、両親を失ったあと姉妹と喧嘩ばかりするので、帰省しても自分の居場所がなくなったと感じるヘレン、計五人が学校に残った。長い夏休みの間、人手が手薄になるのをいいことに、あのマーガレットがやって来はしないか、それを恐れていたサリーは、ヘレンが残ってくれたことに安堵した。セバスチャンは体の大きさと強さで、ヘレンは持ち前の大声と気持ちの強さで、頼りになる。

これまでまずくて食べられないほど落ちていた白米の質が、最近だいぶ良くなってきたため、ようやく主食として返り咲いた。カロイモは副食に転落し、マリアの皮むき仕事がそれでなくとも減っていたのだが、夏休み中には二十分で終わってしまう量になった。校長の足を揉むことからも解放され、少しばかり割り当ての仕事をし、あとはミネルを手伝えばいいだけだったので、マリアは心ゆくまで勉強し、読書に打ち込むことができた。あまり次から次へと読み進むので、一冊残らず売らねばならなかった父の蔵書を、サリーは残念に思うのだった。愛娘サリーのために父が買い集めてくれた、そして今マリアに読ませたいような詩や本が、たくさんその中にあったのだから。

ヘレンはこの休みの間に、インドの体操法を習得しようと夢中になっている。ボロボロになった一冊の本を食事室にまで持ち込んで読んでいたり、筋を違えたと言って、硬いカラーでも巻き付けたような首の動かし方をしている姿を、見かけるようになった。

サリーは締め切りの期限に追われる執筆を続けながら、なんとかマリアと一緒にいられる時間を作るため、自分の睡眠時間を削った。朝早くマリアと一緒に川沿いの道を散歩することが、どんなに幸せで、そして、まだ少し胸に引っかかっていたシモーヌの言葉をきれいさっぱり蹴散らすほど、どんなに清純だったことだろう。話したいこと、聞きたいことが山のようにあった。だが、マリアが話しやすいように、途中で口を閉じたりすることのないように、時間をかけて一つずつ聞かなければならない。

第一日目の朝、サリーがマリアを誘いに物置部屋へ向かうと、ヘレンが向こうからやってきた。休み中の食事の献立に、一度インドの調理法を試してみてほしい、とミネルに直談判してきたところだ、と言う。

「で、サリー先生、あなたはこれから?」

「マリアと散歩に行くところですの。よかったらご一緒にいかが?」

話の流れから、誘わないという選択肢がなかった。

「ええ、朝の空気を吸いながら歩くというのは、最高の健康法ですよ。ご一緒しましょう」

三人で森のそばまで歩き、サリーとヘレンが木の切り株に腰かけて休むと、マリアは一人で森のほうへ走っていった。ヘレンがインドの体操法や健康法について盛んにしゃべるのを、サリーは遠くマリアの姿を追って飽かず見守り、ほとんど聞いていなかった。しばらくして戻ってきたマリアに言った。

「あなたが森以上に好きなものはない、というのがよくわかるわ。あなたが羽根のように軽いので、馬のほうは飛び乗られたことにも気づかないみたいに見えたわ。今度生まれ変わったときには、男の子になりたいのじゃなくて？」

「生まれ変わりたくありません」

マリアは即座に答えた。

「もう生きるのは、これきりでたくさんです」

聞き捨てならぬとばかりに、ヘレンがマリアに説教を垂れ始めた。学校へ着いてからも、健康な身体、健全な心とは何か、物置部屋へ入ってまで講釈する始末だ。二人の生き方がいかにかけ離れているか、マリアの感性にヘレンの考え方がいかにそぐわないものか、サリーは改めて思い知るのだった。幸いヘレンが、散歩では体力づくりとして物足りない、時間の無駄だから自分は遠慮する、と断ってきたので、翌朝からサリーはマリアと二人きりになれた。

＊

「あの方から逃げて、そのあと一人になってから、どのようにして捕まったの？」

「もう生きていたくありませんでした。神様に、おそばに行かせてくださるようお願いしたのですが、まだです、と言われてしまいました。それで、逃げ切れないとわかっていましたから、自分からお役所に行きました」

「逃げた罰を受けた？」

「何を聞かれても私が黙っているので、愛想をつかされてしまったようです。体がやせ細って小さかったからでしょう、叱られただけで済んで、すぐ孤児院に送られました」

＊

「ハイボ小学校を卒業したあと、あなたはすぐにここへ来られなかったでしょう？　その間はどうしていたの？」

「孤児院に戻されていました。お国が私のような者をどうしたらいいか、迷っていらしたそうです」

「いったい何を迷ったというのかしら。政府が考えていることはわからないわ……変な噂が聞こえてきているし」

マリアが下を向いたので、サリーは口をつぐんだ。余計なことを言って不安がらせてはいけない。話題を変えた。

「あなたは処女よ、マリア」

言いたかったことが、やっと言えた。

「体を売ったことがあるなんて、答えてはいけないわ。それを聞いて、私もとても辛い思いをしたわ。確かに犯されかかったのかもしれないけれど、逃げ出したんですもの。あなたは清らかなまま神様の所へ行けるわ。……でも、あの方はなぜあなたを連れて逃げたの？」

マリアには答えられなかった。

「あの方と姉妹の契りを結んだの？」

マリアはサリーと目を合わせて、しっかり首を横に振った。

「それなら、どうしてお姉様と呼ぶの？」

答えるのは複雑で難しかった。

「呼べと言われただけなの？」

マリアはうなずいた。

＊

「生きることはあなたにとって辛いこと？」

サリーが先日の続きを聞いてみると、マリアはうなずいた。

「幸せを感じることはないの？」

「辛いことに比べて、幸せはほんのわずかです」

奴隷として生きてきたマリアの苦しみを推し量るには、サリーは自分に苦しみの経験が足りないことを感じる。マリアを幸せにしてあげたいと思う。だが、自分は足元の石ころのように無力だ。せめてこの学校にいる間だけでも、楽しいと思わせてあげたい。小さなことかもしれないが、本を読み、森へ行き、自分と話をする——こうしたことは、マリアには何なのだろう。

「いまこの瞬間は、あなたにとってどちらなの？」

サリーが聞くと、マリアは「両方です」と答えた。

「両方？」

「幸せには、それが壊れるときの苦しみの予感が付いて回りますから」

マリアが考えることには、いつもびっくりさせられる。

「壊れないようにするには、私はどうしてあげたらいい？」

マリアは、ああ、と言って首を大きく振った。

「十分過ぎるくらいに、サリー先生は私によくしてくださっています。これ以上何も望みません」

マリアは地面を見つめて歩いていたが、しばらくたってまた口を開いた。

「いつまでここにこうして学んでいられるか、わかりません。生涯に本が読める、これが最後の機会だと思っています。この幸せを本当に心からかみしめています。そして、ここでサリー先生とお会いしたことは、一生忘れません」

いつまでここにこうして……本が読める最後の機会……一生忘れません……これらの言葉はサリーの胸に突き刺さった。いたたまれない思いに駆り立てられるが、何をしたらいいのか、どうしたらいいのかわからず、ただ不安だった。

＊

「この先の草原や森まで行って遊びたい？　私はここに座って、あなたの姿を追っているわ。それとも、この切り株に一緒に座って私とお話をしましょうか。どちらでも、あなたがそうしたいほうを選んで、マリア」

マリアがそっと切り株に腰をおろしたので、サリーは体に幸せが広がるのを感じた。

「お父さまに間違いない人のことがわかったとき、『これで希望がなくなりました』とあなたは言ったでしょう？　あなたの抱いていた希望って何だったのか、聞いてもいい？」

マリアはうつむいていたが、待っていると、やがて話し始めた。

「この学校を卒業したあと、何か良くない状況になったなら、逃げ出す覚悟をしていました。そして、リム族の住むという南の島の洞窟を、なんとかして探そうと思っていました。陸地を行っては、私みたいな子供ではとても行きつかないでしょうから、川伝いに海へ出て、途中で溺れて死んでしまうにしても、泳いで行ってみようと考えていました。夜は島陰や浜辺で休みながら、何日、何カ月かかっても見つけたい、と……。そこには、もしかしたらお母さまか誰か、私を知っている人がいるかもしれない、と、かすかな希望を抱いていました。でも、そういうことがない、とわかってしまいました……」

どんなに形の優しいスプーンでも、プリンのようにふるえる心に差し込むときには、不細工な出刃包丁と同じだ、とサリーは感じた。かける言葉が見つからなかった。それ以上の質問も出来なくなった。

＊

「《アスナヤ》って、きれいな名だわ。ご両親が付けてくださった本当の名前がわかって、うれしいでしょう？」

マリアはなぜか何も言わなかった。

「これから、アスナヤ、ってあなたを呼びましょうか？　あなたが呼ばれたいと思う名前で呼んであげるわ。自分の名前ですもの」

マリアは少し考えていたが、こう言った。

「お母さまとお父さまがつけてくださった名ですから、大切な宝物として心の中にしまっておきます。でも、私の希望が通るなら、呼ばれた思い出の何ひとつない名前より、幸せな思い出のたくさんある、名前のほうが……」

サリーは自分の声が上ずらないか、ちょっと心配したあと、わかったわ、と小さく答えた。幸せな思い出、と聞いて、何やら胸がいっぱいだったのだ。

「あなたの言った言葉で、気になっているのがもう一つあるのだけれど、マリア。〈どうでもいい身になった〉というのは、どういう意味？　私は誤解して取ったのかしら？」

マリアの返答は、長いこと待たなければならなかった。それは、考えをまとめているからではなく、頭にある言葉を言ってしまっていいものかどうか、迷っているからのように見えた。

そして、ドキッとするような強い言葉が吐き出された。

「来る時が来たら自分で命を絶つ、という意味です」

その表情には、安易に引き止めることのできない気迫が感じられた。

「神様がいくらお怒りになっても」

＊

「あなたの神様というのは、リム族の神様？」

サリーが聞くと、マリアは首を横に振った。

「私はリム族の神様というのを知りません。私が〈神様〉とお呼びする方は、いつの間にか私の心にいらして、いつも私を導いてくださいます」

「神様と、どんなお話をしているの？」

マリアは下を向いてしまい、いくら待っても答えは返ってこなかった。聞き方を変えてみた。

「夏休み前に私に野ばらをくださったけれど、ばらは神様に禁じられているお花ではなかったの？」

これにもマリアのはっきりした返事はなかった。ただひと言こう言った。

「神様に叱られてばかりいます」

＊

サリーとヘレンのために教師専用の食事室へ食事を運んだ後、残りがセバスチャンとミネルとマリアに分けられたが、それでも量がたっぷりあり、ひもじいことの多かったマリアは、この休みの間に背が一センチも伸びたほど（それでもサリーの肘を超えたかどうか、というくらい）、きちんとした食事を取ることができた。そのせいかどうか、マリアの体に変調が起きた。

朝早い便に原稿を間に合わせるため朝食を取っている暇がなかったとき、口やかましいヘレンがやってきて、くどくどと文句を言うのを、サリーはペンを走らせながら馬耳東風で聞いていた。ヘレンはその後ミネルの所へ行った様子で、まもなく帰りの足音がした。軍靴でも履いているような騒々しさだったから、すぐわかる。

〈何を急いでいるのかしら。カバに靴を履かせて走らせても、もっと静かだと思うわ〉

最後の仕上げを終えたサリーは、原稿を包み、ミネルの所へ飛んでいった。郵便屋は五分と待たない。

「それはマリアの下着ではないの？　ミネル」

洗濯し終わった下着を干してやろうと、ミネルが水から引き上げたところだった。

「そうでごぜえますだ。さて朝飯に呼ぼうってえと、マリアが寝間着姿で洗濯してるだから、どうかしただか聞くと、下着を洗ってる、と言うでごぜえますよ。そんなこた見りゃわかるだで、なんで洗ってるだか聞いてるだ、と言ったでごぜえます。あの子は全く朝の早え子で、わしらが起きる時分にゃ、もう洗った生乾きの服を着ておるで、まして寝間着姿なんぞ見たこたねえでごぜえますからね。黙って返事もしねえところへ、ヘレンがやってきて、わしと同じこ

と聞くだ。それから、

『ははん。わかりましたよ、ミネル』

とぬかして、マリアに来るよう言いますだ。

『動けないんです』

とマリアが言やぁ、ひょいと担ぎ上げて、持ってっちまったでごぜえますだ」

サリーは原稿を郵便屋に渡してくれるようミネルに預け、急いで新校舎に向かった。ヘレンの部屋は校長室のちょうど真上にある。ドアの横一面が大きなガラス窓で、そこから階段を通る者を監視できるようになっている。そのかわり、カーテンを引くかタンスの陰にでも隠れない限り、外からも中が丸見えで、サリーは階段を上ってきた足を止めた。インドの体操でもやるためか、最大限に広く取った塵一つない床の中央に、生理帯をつけただけの姿でマリアが立たされていた。ヘレンから猛烈な勢いの教えを受けながら、まさに服の形をした白布のエプロンを、頭からすっぽり被せられようとするところだった。東の窓からさんさんと注ぎ込む朝の光の中で、マリアの体は、まともに見られないほどまぶしかった。ヘレンがテキパキとエプロンを着せ、後ろで紐を結び、終わったしるしに背中を一つ叩くまで、サリーは階段の途中にとどまっていた。それから、部屋のドアをノックした。

「大人になったのですよ、サリー先生。大人の女性に」

ヘレンは汚れた寝間着を丸めてマリアに持たせ、もう一度注意事項を繰り返して聞かせた。

マリアは恥ずかしくてたまらない様子で下を向いていた。がさついた踵の皮みたいなヘレンのあけすけな言葉は、敏感で繊細な感受性を持つ少女には、残酷に響き過ぎるようだった。

「驚いたでしょう？　私がそばにいてあげられなくてごめんなさい。恥ずかしかったのではない？」

サリーは、いっしょに廊下に出たときに、やさしく声をかけた。マリアが何か言ったが、聞こえなかったと最初は思った。だが、しばらくしてサリーの耳の中で言葉になった。

〈恥ずかしいどころじゃありません〉

マリアを物置部屋まで送り届けてから教師専用の食事室へ赴き、冷めた朝食を前に物思いに沈んだ。マリアの女性としてのこれからの暗澹たる未来を想うと、胸を締め付けられるようだった。リム族の孤児の娘……その行く末に、幸福がひとかけらでもあるだろうか。サリーは窓の外に目をやった。マリアの運命とは正反対に、雲一つない青空が広がっていた。声を殺していとしい者の名を呼ばずにいられなかった。

＊

この貴重な夏休みを、時間の許す限りマリアと一緒に過ごそうと決心して、サリーは翻訳の仕事を少し後ろへずらした。マリアのノートを直し、疑問に答え、教科書の行間の意味を教えたりして、幸せな日々は矢のように過ぎていった。

「元気なの？」

翻訳に疲れた頭を休めにマリアに会いに行くと、ミネルの手伝いをして、網に魚を干しているところだった。ほんのりほほ笑みを浮かべて、とても、とマリアが答えた。

「ゆうべ夢を見たくらいです。今夜私はお墓に入らなければいけないのに、お昼過ぎてもこんなに元気でどうしましょう、という……」

サリーは笑い、ミネルは首を振った。そのあとサリーが不注意に外へ踏み出したので、たちまち靴のヒールが網に引っかかった。マリアが急いでやってきて、ひざまずいて取り外した。

「私、干し網に愛されてしまったのね」

マリアはほほ笑み、ミネルは不機嫌に言った。

「おめえ様がたの話す言葉は、わしにゃわかりましねえ」

＊

人の心をとらえ、奥へ奥へと引き込んでいくこの圧倒的な引力は、いったいどこから生まれてくるのだろう……。

「マリア」

来週残りの三日間で、サリーは翻訳仕事を一時打ち切るための仕上げをした後、新学年の授業の準備をしなければならなかった。

休み中最後の散歩の帰り道、二人並んでゆっくり歩いた。

「マリア」

二度呼ばれて、マリアはサリーを見上げた。サリーは地面に目を落として尋ねた。

「あなたは……私の身勝手な気持ちを受け止めることができて？」

「いいえ、サリー先生」

あまりはっきりと即座に拒むので、サリーはマリアを見た。

「ただ聞いてくださるだけでいいのだけれど」

何かを恐れるように、マリアは強く首を横に振った。

「私はサリー先生が思われるような大きな人間ではありません。どんなお気持ちにしても、サリー先生を受け止めることなんて、私にはできません」

山からの強い風に吹かれて、足元の丈高い草が揺れていた。サリーは身をかがめて、草の間から白い小さな花を摘んだ。そして話題を変えた。

「ゆうべ、ノートの一番後ろに、詩が書き写されているのを見たのだけれど、どうしてあれを？」

「サリー先生にお借りした詩集の中に、とても好きな詩があったので、つい書き取ってしまいました」

「なぜあの詩が好きなの？」

「奴隷の身に生まれてきたので、自分のものが何もないからなのかもしれません……」

サリーは野花を川に流して、本当に、と言った。

「気が変わって生まれ変わるとしたら、男の子でも女の子でも、どちらでもいいわ。そんなに器量よしでなくてもいい、ただ奴隷でなく、自由の身に生まれていらっしゃい、マリア」

そして、前方に校舎が見えてきたとき、隣を歩くマリアの布靴を視界に入れながら、またちょっと歩みを緩めた。マリアは黄色のまぶしい西日から目を守るように顔をサリーのほうへ向けていたが、痛いほど強烈な光が放射線状に散乱していたため、目の前の小径もサリーもよく見えなかった。学校にたどり着く前に、サリーはワンピースのポケットに両手を入れたまま、低い声でつぶやくように言ってしまった。

「人を好きになるって、想像を絶するものね、マリア……なんてすばらしい、また、なんてせつない思いでしょう……」

マリアは返事をしなかった。

## 十三

静かな校舎の中で心楽しく、幸せに包まれ、そして忙しかった夏休みは、あっという間に終わり、始業式の前日にミンダが一番乗りで戻ってきた。体重の増減の激しい子で、コロコロに太っていた。すぐさまサリーに飛びついて、母親の墓参りに行き（以前行ったときには感情を高ぶらせてひきつけを起こしてしまい、以来父親から止められていたが)、そこでしょげていると父親がロバを買ってくれた、乱暴に乗り回して塩水もやり忘れていたら病気になってしまい、つまらなくしていると父親が心配して、エレムに連れていってくれた、そこで観た映画に出てくる子供の乗る自転車が欲しくなって中国人から買ってもらい、転びながらついに乗りこなせるようになった、いまでは後ろにこぐことだってできる、等々と、喉が嗄れるまでしゃべり続けた。

その間にレナが帰ってきた。この夏新しく買ってもらった自分専用の軽快な一頭立て箱馬車から下りると、荷物を置くのもそこそこに、ミネルを手伝って校舎の周囲を掃いているマリアの所へ駆けていった。サリーはミンダの自転車の話を聞きながら、北窓から二人の背丈を見比べて、どちらが大きいかしら、マリアはレナの身長にほぼ近づいたのではないかしら、と考えていたが、二人の様子が急におかしくなったのに気づいた。マリアが泣いている? なぜ? 鞭にもいじめにも泣くことのない子が、そして父母の死に様を知ったときにも涙を見せなかった子、あの気丈なマリアが、泣いている? だが、レナのほうはうれしそうに見える。

ミンダのあとから次々と生徒たちが戻り、サリーの所へ報告にやってきた。ドアを開け放したサリーの部屋で、ナシータとその家来のザギーたちが甲高い声を張り上げて話しているところへ、ネッティが現れた。座りなさい、と言うサリーに従わず、ネッティはぶらぶら部屋の奥へ進んでいった。開いたドアの前に今度はレナがやってきて、ドアに手をかけたまま言った。

「あとでお話があるの、先生」

そのすきにネッティが奥のベッドに近づき、カーテンを片手で引いて中を盗み見た。レナの視線でネッティの行動に気づいたサリーは、「何をしているの」と言いながら彼女の腕をつかんだ。

「こちらへ来なさい」

険しい顔で長椅子にほうり投げるように座らせた。いち早く十五歳になったネッティは、サリーの背丈には届かないが、ずっとがっしり肉がついており、制服を着ているものの、もうそこそこの〈女〉である。

クニリスとジュラシアが夕食前にサリーを誘いに来て、三人で校長室へ挨拶に行った。クニリスの新入生は十四名で、もう全員到着しており、いまへレンの指導で各部屋に入っているという。ジュラシアは一生徒のように休み中の出来事を逐一報告し、最後に校長がサリーに留守中のことを尋ね、変わったことがあったかどうかと聞いた。サリーは手短に平穏な夏休みだったことを話した。

「マリアに何か変わったことはありませんでしたか？」

校長が妙に迫った口ぶりで聞いた。

「いいえ。別に」

「そうですか。それならいいですが……」

不安を起こさせるような尻切れの言い方に、何が言いたかったのだろう、と校長室を出たサリーは、何やら胸騒ぎを覚えた。

レナが夕食前にサリーの部屋へやってきた。いっぺんに話そうと赤くなっているのを、サリーはまず両手を握って落ち着かせた。レナはひと呼吸入れ、勧められた長椅子に座った。

「お父さまにマリアを買っていただくの、先生」

「私にわかるように話してくださらない。どういうことなの？」

「お国はいま、孤児たちの里親を探しているんですって」

それは以前からチラホラ聞こえてきていることで、確かな住居とそれなりの収入があって、孤児院にいた間の費用といくらかの礼金を出せば、孤児を養子や養女にできるそうだが、ある者は奴隷あがりの子供たちをそうしてもらい受けては、使用人として使っているという噂だ。

だが、それよりましな一生が彼ら彼女らにあるだろうか。女奴隷の身空で考えられる最も幸せな境遇が、奥様付きのメードだと言われているこの国で。

「それで、もしマリアが外国へ行ってしまったら、二度と会えないでしょう？」

「外国へ？」

「そうなの。十歳以上の女の子たちは外国へ養女に行くことが多いんですって。だからお父さまに、うちでマリアを養女にしてほしい、って頼んでみたの。そしたらお父さまは『里親探しなんて国の体裁で、実は人身売買で外国に売り払っているんだよ』っておっしゃるの。それならなおさらのこと、絶対にマリアを買ってほしい、ってお願いしたの。

『リムの娘というのは運が悪いね。きっと高いだろうよ』

ってお父さまがおっしゃるので、ほかに何も要りません、私の馬車を取り上げられたって構わない、一生チョコレートが食べられなくたっていい、犬も小鳥もみんな人にあげてしまってもいいから、と言ってお父さまのお膝にすがり付いて、マリアを買ってくれるまで離さない、って頑張ったの。するとお父さまが、

『よしよし、おまえがそんなに言うなら、ひとつ値を調べてみよう。しかし馬車より安ければいいが、それ以上となると手が出ないな』

って。いくらぐらいだとお思いになる？　先生。でも、お父さまは馬車より高くても、きっと私のために買ってくださると思うの。マリアとずっと一緒にいられるなんて、どんなにすてきでしょう。ここへ戻ってきて、そのことをすぐマリアに話したら、マリアはあまり喜んだ様子じゃなくて、目を拭ったりするの。私びっくりして、メードなんかにしようというのじゃないの、絶対にそんなことしない、私と姉妹になって、一緒にハイスクールに通わせてもらうの、と言ったの。でも、マリアが下を向いて泣いているみたいなので、ごめんなさい、悪気じゃなかったの、と謝ると、マリアは、そうではなくて私の気持ちがとてもうれしい、って言ってくださったの。私ホッとして、うちのことをお話したの。小さい犬が一匹いて、小鳥が七羽と――」

「レナ」

サリーは悪寒を覚えながら遮った。

「本当に十歳以上の女の子は、外国に売りに出されているの？」

「外国から帰っていらしたお父さまがおっしゃるのだから、確かだと思うの、先生」

サリーは拳を握りしめた。

「何が解放なの！　何のために奴隷をかき集めたの！　なんて汚いやり方！」

長椅子の袖をたたくサリーの剣幕に、レナがびっくりした顔をしているので、サリーは感謝を込めてレナの手を取った。

「お金持ちのあなたがいてくださって、本当によかったわ。あなたと一緒なら、マリアも幸せだわ」

レナを帰したあと、炊事室に行った。

「マリアを貸してくださらない？　ノゼッタ」

「タヤがまだ戻ってこないので、手が足りないとこなんですがね」

「ごめんなさい、サリー先生」

マリアはそう謝ったが、踏み台の上に立って、ぐつぐつ煮えたぎる鉄なべを見ながら長い菜箸を操り、サリーを振り返る暇がなさそうにも、また、わざとサリーの目を避けているようにも、どちらにも見えた。

「あとでお部屋へお寄りします……」

マリアの言葉は弱々しく、語尾が立ち消えた。

夕食が済んだと思われるころになっても、マリアが来ないので、サリーはもう一度出かけていった。と、暗い廊下をマリアが向こうから音もなく歩いてくるのに、行き会った。窓から差し込む月明かりが小さな横顔を照らし出したとき、そこに言いようのない悲しみを認めて、サリーの速足は急に水の中に入ったように重くなった。すると後ろで鉄扉の開く音が聞こえ、せかせかした足取りがこちらへ向かってきたので、二人は自然と廊下の左右に分かれ、数歩の距離まで近づいてから立ち止まった。

「ごめんください」

と言いながら、タヤが二人の間を通り抜け、炊事室のほうへ消えていった。

炊事室のドアの閉まる音がしてから、サリーが言った。

「レナから聞いたわ」

「レナの所へ行くというので、喜んでいるのよ」

マリアは体を斜にして何も言わない。

「気が進まないの？」

マリアは首を横に振った。

「では、なぜそんなに悲しそうなの？　レナはあなたを姉妹のように迎えて、一緒に学校へもあげてくださると言っているの。そうしたら、炊事の仕事からも解放されるし、ハイスクールにも行けるし——」

マリアは頭を振り続けた。そして、話を避けるように歩き出そうとした。

「マリア」

マリアは足を止めて、辛そうに口を開いた。

「女の子のお遊び相手に私を買うことができるような値でしたら、マーガレットお姉様がとっくに買い戻していらっしゃるでしょう」

「あの方は、でも、ちゃんとした家と収入をお持ちなのかしら。正式な住居がなければ養女にできないはずだし——それに、レナのお父さまは大手商社の重役をなさっているお金持ちだから、馬車の倍の値でも、レナはねだれると思うわ」

「馬車の十倍の値でしたら？」

マリアは床に目を落としたまま、低い静かな声の調子を変えずに言った。

「まさか、そんなに高いことはないでしょう」

「お国が私を私立の女学校に入れておくのは、どうしてでしょう？」

暗示された意味に、サリーは愕然となった。炊事室のほうで物音がした。マリアは足を運んで歩き出した。

「どこへ行くの？」

「校長先生に呼ばれています」

廊下を歩いていくマリアを見つめて、サリーはその場に立ちすくみ、頭が混乱して一歩も動くことができなかった。

「あすからのサリー先生の授業を楽しみにしています」

マリアは一度振り返って、心を込めて言った。

翌日、講堂で始業式が執り行われ、校長の挨拶があり、新しい教科書が配られ、新学年の最初の授業が始まった。マリアが意外に元気にしていて、皆と一緒に顔を上げてこちらを見るので、眠れぬ夜を過ごしたサリーは、気を引き締めて講義に入った。

休み時間にレナを呼び寄せ、マーガレット・ホルスのことを話した。もしマリアを買うなら一刻の猶予もならないと伝えると、レナの顔が青ざめた。レナは父親に手紙を書き、すぐに返事をくれるようにと至急便で出した。

折り返し返事が来た。レナは打ち震えてその手紙をサリーに見せた。リム族の少女は馬車二十台分の値が付けられていて、とても買ってやれない、それにマリアという子は誰かにお手付けされているそうだ、と書いてあった。

「マリアは外国へ行くの？　それともホルスさんの所？」

サリーは目をつむり、口を一文字に結んで答えなかった。

「マリアの所へ行ってきてもいい？」

サリーが返事をしないので、レナはそばを離れ、物置部屋へ行った。レナが泣きながら話すのを、マリアが慰めた。

「きょうあすに売られていくわけではないのですから」

そして、次の音楽の授業に気を向けさせ、相談に乗ってほしいことがあると話して、すっかりレナの気を紛らしてしまった。

「でも、自分がそんなに高い値段を付けられるって、少しばかり自慢じゃない？」

「高いということが、何を意味するかご存じでしょうか？」

「お金持ちの人でなければ買えない、ということだと思うの。大金持ちの人の中に、そう下品な人はいないでしょうし、何でも豊富にあって、きっとあなたは御殿のようなお家でメードをするようになるのかもしれない。それだったら、外国でも幸せになれるかしら？」

レナが大真面目だったので、マリアはそれ以上何も言わず、努めて元気にしていた。

放課後、服を着替えて炊事室のドアを開けたところへ、サリーがやってきた。ノゼッタがこちらを見ていたので、

「あとでお部屋へうかがいます」

とサリーに言い、炊事室の中へ入っていった。

夕食前の炊事仕事が終わって、自分の夕食の時間になるまでの短い間に、マリアはサリーの

部屋を訪れた。ちょうどその時間は教師の夕食の時間だったが、サリーは部屋にいた。

「マリア――」

ドアを閉めてそう呼んだなり、サリーは胸が詰まって何も言えなくなった。マリアのほうは、相手のほほ笑みを誘うような明るい表情で、長椅子に座ってもいいかと尋ねた。サリーは放心状態でうなずいた。

「まだはっきり決まったわけではありません、サリー先生。もしかしたら何かの間違いかもしれません」

「人民からただ同然で奴隷を取り上げたお国が、それを高く売ってお金儲けをするなんて、どうしてそんなひどいことを！」

「望みを捨てないでいましょう、サリー先生。私はあと二年間、ここにいられることを信じようと思います」

サリーはマリアの向かいに腰をおろした。

「あの方があなたを二年間もここに置いておくと思う？　ほかのことがみんな間違いだったにしても、ホルスさんがあなたを手に入れそうなこと、これだけは確かだわ。それはもう、疑いたくても疑いようがないわ――」

「マーガレットお姉様に、いま私を買うだけのお金があるとは思えないんです」

「お手付けしたのがあの方でなくて、ほかの誰だと思うの？　いくら高かろうと、あの方だったら、何としてもお金を作るでしょう。他の人なら、家を持ち、蓄えもあった上で、余裕のお金でメードを買うでしょうけれど、自分の命をかけて、あなたを連れて逃げ回り、あなたを追って二度もここへ来たあの方なら、すべてを売り払い、明日の食事代をはたいてでも、あなたを買うでしょう。……あなたがもう一度あの人のものになるなんて、耐えられないわ、マリア。いったいどうすればいいの……」

サリーが拳を握りしめると、膝の上のスカートが指の間に挟まった。

「考え過ぎないでいましょう、サリー先生。マーガレットお姉様のものにもならず、外国へも売られないで、もう少しここにいられるかもしれませんから」

しかし言外の響きに、すでに運命に身をゆだねる覚悟が、はっきりと感じられるのだった。

夜の闇に入る前の、うすぼんやりした明るさが北の窓から出ていこうとしている。しかし、サリーはランプをつけようとしなかった。浅く腰かけ、思いにとらわれた表情でテーブルの上に視線を落としていた。いつまでもサリーがものを言わないので、マリアは快活さを装って言った。

「この間サリー先生がおっしゃったことを考えてみました。もし生まれ変わったら、男の子になろうと思います。そしてサリー先生を、好きです、好きです、と言って困らせて差し上げようと思っています。許してくださいと言われても、許して差し上げません」

サリーは思いを抑えることができなくなった。あとからあとからあふれる涙が手に、スカートに落ちた。マリアは見ていられなかった。

「泣かないでください、サリー先生……泣かないで……私はもう帰らなければなりません。サリー先生には明日もまた、そしてこれから先もずっと大切な授業があります。こんなささいなことで、泣いたりなさらないでください……」

マリアはけなげに立ち上がり、ドアに近づいた。サリーは涙に濡れた顔を上げ、マリアのほうへ片手を伸ばした。

「私、本当に人を愛してしまったわ――」

立ち上がったのと、マリアを胸に抱きしめたのとが同時だった。息ができないくらい締め付けられて、マリアはやっとのことで声を出した。

「サリー先……」

サリーは我に返り、腕を解いて身を離した。窓辺の机まで歩いていって、倒れ込むように椅子に座った。

「ごめんなさい、マリア……帰りなさい」

急に離されたマリアは、長椅子の背に手を添えて身を支えた。そして、目が見えなくなったかのように手探りでドアの取っ手を回し、出ていった。北の窓からも最後の明るみが出ていき、かわりに闇が忍び込んできた。

# 十四

マリアは一瞬たりともおろそかにせず勉強に打ち込んだ。一つ一つの授業に、これが最後の授業となる覚悟をもって臨んでいる様子が、その熱のこもった真剣な眼差しからうかがわれ、このことによってサリーは自分の使命を悟った。マリアを送り出す最後の日まで、教師として教えられる限りのことを伝えよう、と。

昼食後、サリーは校長室を訪れた。マリアの学校生活がいつ打ち切られるかもしれない、残り少ない日々を大事にしてやりたい、ついてはマリアの食費等、孤児院から出ない経費をいっさい自分が持つので、厨房の手伝いをやめさせてやりたい旨、願い出た。校長は黙って聞いていたが、終わりにサリーの顔を数秒間見つめ、いいでしょう、と返答した。

「ただし、私が承諾したのは金銭的な問題だけです。あなたの最近の、必要以上にマリアにかまけている態度は、気に入りませんね」

南の窓を背に座っている校長の真正面、部屋の中央に立っていたサリーは、ちょっと目を落とした。

「夏休みの間に親密さを増したようですね。新学年が始まってからというもの、節度なくマリアの部屋や炊事室をうろついていると、何人かから報告を受けています」

「うろついているのではありませんわ。そして……一生徒にする以上のことは、良いことも悪いこともしていないつもりです」

サリーの声は小さかったが、信念がこもっていた。

「マリアのことでは私も心を痛めていますが、事情はどうであれ、行動は慎まねばなりません。マリアの食費の件にしても、本来ならば許されないことで、あなたの感傷など、他人が聞けば笑うでしょう。そして、あなたとマリアの関係を疑うことでしょうね」

サリーは鋭く顔を上げ、澄んだ目で校長を見据えた。

「私とマリアはきれいな関係ですわ。たとえ今、他の子よりもマリアによけいに情をかけていたとしても、仲のいい教師と生徒以上のものでは決してありません」

「私はあなたを信じています。しかし、他の人が信じるかどうかわかりません。信じない者がいれば噂がたつのです。噂が大きくなれば、校長である私がどう頑張ろうと、この学校の出資者たちがあなた方を追い出すでしょう」

サリーは目を落とした。

「わかりましたわ、校長先生。慎みを忘れないようにいたします。こういう成り行きから、二つ目のお願いをするのは、はばかられるのですが……おみ足はいかがですの？」

「まあ、よくなってきていますよ」

「それでしたら、夜マリアが校長先生の寝室に伺うことを、免じてやってはくださいませんでしょうか？　マリアが合鍵を持っていることも皆に知れ渡っていて、それこそ面白半分に良からぬ噂を立てていますわ」

校長は不機嫌な目を向けてサリーを睨んだ。

「揉んでもらっているから、良くなっているのです。自分がやられたからといって、私に仕返しをしてこないでくださいよ」

「ちっとも、仕返しなどではありません」

自分のこととなると反省も自重もしないばかりか、校長は涼しい顔で笑みさえ浮かべた。

「長い休みの間じゅうずきずきと痛んで、小さい孫に揉ませましたが、くすぐったいばかりでね。マリアの手も最初はくすぐったいだけでしたが、今ではぴしゃりと痛いところに指が届いて、力が弱いながら、それなりに揉みほぐされているのですよ。このぐらいのことなら、校長権限でマリアを使って差し支えない範囲だと思いますがね。それについて良からぬ噂が立つなど、馬鹿げていますが、それならば今度からは、揉ませている間ずっとドアを開け放しておくことにしましょうか」

そうしておいてマリアのいる間は目いっぱい利用しようという腹が見え、はがゆい思いでサリーは諦めねばならなかった。

マリアを厨房で使えなくなったことを苦々しく思ったのは、ノゼッタとタヤだ。マリアに手伝わせて楽をしてきたのが、これからはまた自分たちがやらねばならないとなると、腹が立って仕方がなかった。代わりに従前どおり、新校舎からウィバがときどき手伝いに来る、といっても、ウィバは監督気分で来るのであり、かえって余計な下働きを押し付けられるのが関の山だ。

働かなくてもよくなった理由は告げられなかったが、マリアには見当がついた。心の中でサリーに感謝し、例の相談事の件でレナと一緒に作業を急いだ。自作の詩に楽しそうなメロディをつけてみようとするのだが、こちらのほうが思うようにいかず、レナに助けを求めていたのだ。自宅にグランドピアノを持っており、月二回の土曜日特別に音楽教師をつけてもらっているレナには、簡単なものなら作曲できる力があった。休み時間などに額を寄せあって楽しそうに、ああでもない、こうでもない、と話している二人の姿が見られるようになり、サリーは微笑ましさと痛々しさをない交ぜにしたような、言い難い思いに駆られていた。

「先生の負けね」

「何のこと?」

ネッティの絡みつくような視線にも、礼を失した言葉にも、サリーはもうむきにならない。廊下に立って窓の外に目をやったまま、ぼんやり答えた。

「しらばくれるの?」

何を言われても相手にしないでいられる。

「マリアなんか、レナにやってしまえばいいわ」

ネッティは、すきだらけのサリーに近寄っていった。

「先生、あたし……」

そう言いながら腰に腕を絡めてきたので、サリーはあわてて飛びのいた。

「私に手を触れてごらんなさい、ネッティ。クラスから出ていってもらうわ」

「ミンダはよく先生に抱きついているじゃないの。あたしだってそうしていいはずでしょう？」

「あなたのは意味が違うわ。ミンダのように純粋ではない。そんな手で触れられたくないわ。自分でもわかるでしょう」

サリーはその場を離れた。ほかのことを考えるゆとりがなくなっていた。


午後の授業を始めてまもなく、心外なものを見つけた。一番前の席のレナが、授業に関係のなさそうな一枚の紙を引っ張り出して広げ、そこへ何やらそそくさと書き込んでいるのだ。

「レナ」

と呼ぶと、内臓がひっくり返ったような驚き方をした。

「その紙は何なの？」

レナはたちまちゆでだこのように真っ赤になって、紙を隠した。サリーは持っていたチョークを黒板に置いた。

「私に見せられないものを授業中に書いているの？」

レナといえども見逃すわけにはいかない。レナのほうも、こんなことをして怒られるのは初めてなので、口をアワアワさせるが、何も言葉が出てこなかった。

「隠したものを見せてごらんなさい。私は誤解して罰したくないのよ」

そのとき、サリーも含めて皆を驚かせたことに、一番後ろのマリアが立ち上がった。

「ごめんなさい、サリー先生。私が頼んだものなんです」

皆いっせいにマリアを振り返り、これは面白いことになった、と胸を躍らせた。

「レナをかばってそう言うの？」

立ったマリアに向かって聞けば、マリアが否定するのと、レナが肯定するのと同時に返事があり、サリーは二人を交互に見比べた。クスクス笑いがあちこちで起こった。

「二人とも廊下に出なさい」

バンザイ、と小さな歓声が上がった。サリーはジロッとそちらを見、クラスに自習を申し渡して廊下へ出た。

「どういうことなの」

並んで立った二人に聞くと、レナが口を開いた。

「もう少し待っていただきたいの、先生。だってまだ完成していないんですもの」

サリーにはわけがわからなかった。

「授業中に私用のものを机の上に広げることを、私は咎めているのよ、レナ。私の授業には飽きてしまった？」

このところの精神不安定な気分から、サリーらしくないとげとげしい言葉が出た。

「ああ、サリー先生、そんなふうにおっしゃらないで。先生のお姿を見ているうちに、急にすてきなメロディが浮かんだんですもの、すぐに書き留めておかなければ、忘れてしまいそうだったの」

「メロディ？　何のこと？」

レナがあわてて口を押さえるので、マリアが言った。

「いいんです。どうぞお見せして、話してください」

それでレナは残念そうに、ポケットから紙を取り出してサリーに差し出した。

「サリー先生のためにマリアが作詞して、私たち二人でいまメロディをつけているところなの」

「私のために？」

「こんな方法しか思いつきませんでした、精いっぱいの感謝をこめて……」

マリアが言った。サリーは紙に書かれたものを読んだ。森で生まれたら、川に落ちて流され、広い海に出て、そこで日の出を見ました、という意味の、素朴な、やさしいリズム感にあふれる英詩だった。サリーがメロディを口ずさみ始めた。

「まだ完成していないの、先生」

と、レナがもう一度言った。

「なんてかわいらしい詩でしょう」

サリーはそれからポケットを探ってペンを取り出し、「でも、ここはこうしたほうがいいわ」と言って、メロディを書き換え、新しいほうを口ずさんだ。父母が元気だったころには、サリーも様々な習い事に励んだものだ。ピアノ、ダンス、西語――

「どお？　よくなったのじゃない？」

レナとマリアの目が輝き、サリーの直した箇所を覗き込んだ。

「それから、ここもこのほうが詩のリズムが生きると思うわ。とてもいい詩ですもの」

二人の見守る中で、サリーは所々直しては口ずさむ――いつの間にか辺りが騒がしくなったと思えば、教室の連中が、サリーの小さな歌声につられて前後の入り口から顔を出していた。

自分の立場を思い出したサリーは姿勢を正したが、おかしくなって笑みを漏らした。それでもけじめをつけ、「五分間ここに立っていなさい。そのあと中へ入ってもいいわ」と、二人に言い渡した。

「これは」

手に持った紙を見て、少し考えてから言った。

「私が預かるわ」

それから皆を制して教室に入り、授業を再開した。

放課後すぐに、サリーはレナと、厨房の仕事から解放されたマリアを自分の部屋に呼んで、三人で楽しい歌を仕上げにかかった。夢はふくらみ、この試作をぜひピアノの伴奏をつけて三人で歌ってみようということになり、早速明日の昼休みに、クニリスから音楽室の鍵を借りることにした。

「いい贈り物をありがとう」

ヘレンの屋外授業にレナが出ていくとき、後について出ていこうとするマリアを、サリーは引きとめた。マリアは立ち止まったが、振り向かずにいた。

「勉強の邪魔をするつもりはないの。ただ、あと五分間だけ、ここにいてくださったらうれしいのだけれど」

マリアはドアに寄ったまま、いいともいやだとも動かなかった。制服の下の胸が、静かに高まったり低まったりしているのを見ながら、サリーが続けた。

「この間のように泣いたりしないと約束するわ」

マリアの肩が何かを思い出したようにふるえ、胸の動きが速くなった。サリーはそこから離れて、北の窓辺の椅子に腰かけた。そこでじっと目の前の本のあたりを見つめていたが、唇をふるわせて言った。

「あなたを失うのが、こわくてこわくてたまらないの、マリア……あなたなしで、どう生きていけばいいのかわからないほど、あなたが私の中にいるの……」

マリアは体ごと振り返った。

「サリー先生は、私のことがよくおわかりになっていらっしゃらないんです」

そして、目を潤ませて続けた。

「もし私をからかおうとなさるのでしたら、そんなにお心をかける必要はありません。私はお国のもので、いつかは必ずどこかへやられる身です。おそらく汚されて、鞭打たれて、ボロボロになって死んでいくことでしょう。本当に私は、サリー先生の輝かしい人生の端っこを、ただ通り過ぎるだけの名もない奴隷に過ぎません。そんな者に対して、花咲くお嬢さまの道を行かれる方が、思いなどかけてしまって、どうなさるのでしょう。もし……私をからかいたくてお苦しみになっていらっしゃるのでしたら、簡単に私をご自由になさることができます。私はきっとふるえてしまって、抵抗するどころでは――」

「ひどい誤解だわ！」

サリーは天井を突き抜く勢いで立ち上がった。

「許せない侮辱だわ！　マリア、あなたまでがそんなふうに考えるなんて、いったい――」

憤りにむせかえり、あまりの衝撃に喉が詰まって声が続かなくなった。椅子に倒れ込んで、向こう側に体を折った。

「出ていきなさい！　そんなことを頭にしながら、ここにいてほしくないわ」

「そう考えるよりほかに、この奇跡をどう考えればいいのでしょう。こんなあり得ないことを」

マリアの声は、心臓と一体になったかのように小刻みに波打っていた。

「私があなたを愛することは、あり得ないの？」

サリーは折り曲げていた体を起こしたが、まだ向こうを向いたままだった。すると、背後でドアの取っ手の回される音がした。振り向くと、マリアが出ていくところだった。チラッと見えたその横顔には、愛が真実であることを知っており、そのために苦悩していることが、はっきりと表れていた。サリーは呼びとめなかった。

## 十五

翌金曜日の朝の授業に、ピアノのことを考えてうきうきしているレナとは対照的に、マリアはいつもより一層真剣な気迫で臨んだ。自分の言葉が一つとして漏れることなく、マリアの頭に大事に納められていく様子を見ながら、サリーは教師として、これ以上感動的なものはないと思うのだった。

授業の終わりごろ、ドアの窓からチラッとセバスチャンが顔を覗かせたが、サリーは無視して、最後の一分まで使って講義をやり終えた。マリアの幸せそうな表情を見やってから廊下へ出て、そこで待っていたセバスチャンに会った。すぐ来てほしいと校長が呼んでいるとゼスチュアするので、自分の部屋へも寄らずに校長室へ向かった。

校長は幅広い机に乱雑に広げた書類におっかぶさって、何やら慌ただしく計算していた。

「マリアの今日(こんにち)までの経費ですが、ランプの油代もあなたに付けてよろしいそうですね」

サリーの体からサッと血の気が引いた。短い話を聞く間、その血はドクドクと足の裏から流れ出し、みんな床に吸い込まれてしまったかのようだった。

物置部屋でマリアは教科書を開き、すばらしかった講義を復習していた。しかし、ノックなしにドアが開き、そこに真っ青な顔で立つサリーを見たとき、覚悟していたものが来たことはすぐにわかった。マリアは落ち着いて立ち上がった。

「私はマーガレットお姉様の所へ行くのでしょうか？　それとも外国へ？」

サリーが何も言い出さずに横木を後ろ手にして立ったままなので、マリアが尋ねた。サリーは狂おしい眼差しでマリアを見つめ、部屋の空気が足りないかのように呼吸を乱して、苦しそうな言葉を吐き出した。

「あなたを殺してあげたい……ああ、マリア、いっそ殺してあげたいわ」

「お国が売ろうとしているのでしたら」取り乱すサリーをやさしくいたわるような、大人びたほほ笑みを浮かべて、マリアはおどけて戒めるのだった。「私を殺してしまうと、先生は大変な罰金を払わされてしまいます」

そして、倒れそうな感じのするサリーのために、中央のテーブルから椅子を引いてきて、そばに置くのだった。そんなマリアの殊勝な気遣いは、余計サリーの胸を締め付けるばかりで、しっかりしようとすればするほど、喉が詰まって言葉が出なくなった。

「麻の服に着替えて校長室へ行きなさい。きょう、あなたは外国へ売られていくわ……」

かすれた悲痛な声は、サリーの心臓を切って絞り出されたかのようだった。マリアは一瞬目の前が真っ暗になったが、すぐに気を取り直して、ベッドのカーテンを開けた。その足元に畳んである茶色、というより洗いざらしして白茶けてしまった袖なし服を取り上げ、サリーに背を向けて制服を脱ぎ始めた。

「先生にいただいたこの白い下着を、一生大事にします。そしてもし、この下着に恥じるようなことがあったら、その前に舌を噛み切って死んでしまおうと思っています」

サリーはよろよろと踏み出して、テーブルに手をついた。

「あなたがどんな国の、どんな人の所へ行き、どんな生活をするのか、知る由もない。生きているのか死んでいるのかさえ、知る術がない……私にとって、もうあなたはいないも同然……あなたのいない世界で、私はどうやって生きていけばいいの、マリア」

テーブルに両手をついても支えられないかのように、サリーの体は下へ沈んでいきそうだった。

「そんな弱気になられてはいけません……一時の錯覚に陥っていらっしゃるだけで、すぐに私のことなど、忘れておしまいになります」

サリーは瞬時に頭を上げた。

「忘れないわ。忘れられるものではない、あなたは私の命なの、マリア。あなたに愛を打ち明けた、でもそれがどんなに激しいものかは言わなかった。あなたのことを考えていない瞬間は一時たりともないの。毎日心の中で、どれほどあなたに語りかけながら過ごしているかしれない……」

マリアは後ろ向きで袖なし服のボタンをはめていた。

「そのような特別な感情を一生徒にいだいていらしていいのでしょうか？　クラスの方たちは、だれもかれもがサリー先生を慕っていらっしゃいます。公平になさるのが先生のお仕事でしょう？」

マリアの口ぶりは冷たいほどだったが、あふれる思いを極度に押し殺している結果だと、サリーにはわかっていた。

「あなたへの愛を教室には持ち込まないわ。そしてあなた以外の人だったら、打ち明けたりしないわ」

冷酷非情のチャイムが鳴り始めた。マリアは着替え終わって顔を上げ、正面からサリーを見た。

「わかりました。それでサリー先生がお楽になれるのでしたら、お気持ちをいっぱいに受け止めて差し上げます」

澄み切った褐色の瞳は、灰色の瞳にやわらかく合わせられて、けなげな言葉と同じことを言っていた。

「……もう、これきりなのですから」

サリーは足がぐらつくのを感じた。

「どうぞ、教室へいらしてください、サリー先生。授業に遅れてしまいます」

「こんな気持ちを抱えて、どうやって授業をすればいいというの」

「それでは私のために授業をなさってください。最後まで授業をなさった先生のお姿を、思い出として私に持たせてください」

教師としての義務に目を向けさせようとする、ひたむきな思いやり以外の何ものでもない言葉は、サリーの心を打ってやまなかった。ノックなしに校長が入ってきて、二人は絡み合わせた視線をほどいた。

「チャイムの鳴ったのが聞こえなかったのですか、サリー先生。授業時間をきちんと守っていただかなくては困ります。支度は出来ましたか、マリア。自分の持ち物は小さくまとめなさい。あなたについての報告書を作成せねばなりません」

校長は杖を持ち、足を引きずっている。

「孤児院の方は、いつ迎えに来られますの？」

「さっき電話連絡があったので、ここまで来るのに、あと二時間近くはかかりましょうよ。別の人からも連絡が入ったんですが、何せ急なことですから向こうも混乱しているようで」

「この授業が終わったら、マリアにお別れを言わせてください」

サリーは顔を隠すようにして、開いたドアから出ていった。

マリアの最後の言葉を思い出しながら、サリーは力を振り絞って重苦しい授業に臨んだ。サリーの様子とマリアの席が空なことから、レナの青い目は恐怖のためにいっぱいに見開かれており、何かあったのかと、皆の顔も尋ねていた。サリーは何も説明を与えず、低い声で講義を始めた。

授業が終わる前に、けたたましいエンジンの音が外から聞こえてきた。サリーは慌てて皆に自習しているよう命じ、教室から出ていった。あとでどんな罰を受けようとも、マリアに別れを告げたいレナが、すぐさまサリーのあとを追った。何か面白いものが見られそうでムズムズし始めた者たちが、それに続いて飛び出した。

北門の外に、かつて奴隷をかき集めて回ったのと同じ巨大なトラックが、後ろ向きに止まっていた。軍服を着た男が後ろの扉を開け、すでにたくさんの少女たちがぎっしり詰め込まれている中へ、マリアを抱きかかえて乗せ上げた。扉が閉められると、マリアはその鉄格子にすがって、北玄関のほうへ目をやり、そこから出てきたサリーの姿を見つけた。

「マリア！」

「みっともない真似はやめなさいっ！」

校長の鋭い声が飛び、そばへ駆け寄ろうとしたサリーを踏みとどまらせた。軍服の男は校長から書類をもらい受けると、トラックの運転手に合図し、自分も乗り込んだ。唸るようにエンジンがふかされ、黒いガスを吐き出してトラックが動き始めた。鉄格子の間からマリアはサリーを見ていた。今やってきたレナのほうへ目を移すこともなく、トラックが角を曲がって隠れてしまうまで、ただもうサリーを見つめ続けていた。

エンジンの音が小さくなり、巻き上がった土埃が収まり、漂う黒いガスの臭いもやがて消えた。サリーがその場に泣き崩れるのを、校長は顔をしかめて見下ろし、北玄関でわさわさと覗く生徒たちを、杖を振って教室へ追い返した。

「授業はまだ終わっていませんよ、サリー先生。あなたの生徒はマリアだけではないんですからね」

サリーは立ち上がれなかった。やがて救いのチャイムが鳴り、校長の声がいくらかやわらいだ。

「マリアには全くかわいそうなことでしたがね、致し方ありません」

校長は地べたの安定した所へ杖をついて、トラックの消えた方向へ目をやった。

「五月に非人の子供を預かったときには、どうなることかと思いましたが、こうして終わってみると、あとに何やら寂しさみたいなものが残るもんですね……。マリアは悪くない子でしたよ」

　サリーは魂のない人のように立ち上がり、廊下でザワついている生徒たちに目もくれず、自分の部屋へ入っていった。そして、ベッドに身を投げて、体を振り絞って泣いた。

　外国の大金持ちのいやらしい中年男あたりがマリアを買い、さんざん弄び、飽きたころ又売りする。買った男は儲けるためにマリアに商売をさせる。マリアの容貌は人並み外れて優れているから大勢客が付き、その中の誰かが本気で惚れ込んでマリアを盗んでいく。その男はマリアを愛しながら虐待し、とどのつまりは生活のためにマリアに客を取らせるようになる。体を酷使するうちに悪い病気にかかって、マリアは若くして死んでしまう——どんなケースが考えられるにしろ、この筋書きから大きく外れることはないだろう。

　サリーはベッドの上に起き上がろうとした。が、その力はなく、濡れた枕の上にまたうつ伏した。

　マリアは行ってしまった。メルフェノ森で出会って以来、自分はマリアと共に生きてきた。最初は夢の中で、次には現実の世界で。昼間の舞台が終わったからといって、楽屋裏に、もう夜はない。現実のマリアを知ったあとで、夢のマリアと森へ行ったり、月へ行って遊ぶことなど、できはしない。夢が終わってしまった……喜びも苦しみもはるかに深い現実の前に、雲散霧消してしまった。これからは夢にも現実にもマリアなしで、たったひとりぼっちで生きていかねばならない。どうやって？

昼休みの間に二度ノックがあった。一度目はネッティで、二度目はミンダだった。いくら呼ばれてもサリーは返事をしなかった。

教師という職業は、本当に自分に向いているのだろうか。生きた生徒たちを相手にすることが、これほど苦痛になるというのは、一時的なものではなく、それが本来の自分の気持ちではないのだろうか。レナのようないい子ばかりではない。自分の手に余る子供たちの前で、さもわかったように指図しながら、彼女らの思考力、記憶力、集中力の弱さに忍耐し、ほほ笑みをもって教壇に立つ。女弁護士になるつもりだというポージのようには、誰もはっきりした夢を持っていない。『自分が何になりたいのか、よくわから』ず、『たぶんお嫁に行くだろう』し、『難しい、ややこしいことは考えたくな』く、『いまはホワホワと流されて、適度に勉強』し、何より『面白おかしくしていたい』子供たちを相手に、精神の気高さを説く。それが自分の偽りない喜びだ、と言い切れるだろうか。

マリアが夢であったころ、その夢の世界だけは、ある意味では確かに現実を忘れて〈逃避〉できる楽園だった。他人には理解できないだけに、なおさらいとおしく、自分にとって夜の白夢ほど、心を魅了するものはなかったと言ってもいい。そんな白夢によって実生活の苦しみは十分償われ、喜びのほうは何倍にも膨らむのだった。生きる力は、その不思議な夢から生まれてきたのだ。

人はなぜ夢なしで生きていけるのだろう。夢は、時間や空間や情間、しきたりや義務や肉体から解放された、自分のもう一つの、より自由な人生だ。この夢がある限り、牢獄にいるのも宮殿にいるのも同じこと。

ハイスクールのころに一度、悪い風邪を引いたことがあったが、そのときイルーネが言ったものだ。

「お元気でいらっしゃるより、よほど手がかかりませんこと」

熱があろうと苦しかろうと、自分は夢に夢中で、食事に起こされるときには、夢が中断されるためにがっかりさえした。そんな夢の子が現実の子となり、どんなに愛したことだろう。

〈かわいい私のマリア〉

と呼びかけずに眠ったことがあっただろうか。

だが、そのために一教師として、何か少しでもなおざりにしたことがあったか。昼間マリアに、度を越してえこひいきをしたことがあったか。自分では任務を果たし、しっかりやってきたつもりだ。マリアと共にいられるあと二年間を、なんと生き甲斐のように思っていたことか。

しかし遅かれ早かれ、この別れは来るべきものだった。マリアは見知らぬ遠い場所で生き、自分はここで生きていかねばならない。何とか力を出さねばならない。夢もマリアもない、果てしのない人生を、生徒と借金と翻訳を相手に生きていく……なんと味気ない、むなしい人生だろうか。人は皆このような人生を送っているのだろうか。夢もマリアもなく平気で、淡々と、灰色一色のような人生を……

チャイムが鳴り、午後の授業のためにサリーは立ち上がった。汚れた服を着替え、ドアを開けて出ると、すぐ横の壁にレナが身を寄せて立っていた。二人はお互いに、赤く泣き腫らした目を見合わせた。

「ウーレントン先生に鍵をお返ししたの。いけなかったでしょうか？」

レナがか細い声で言い、サリーは声もなくうなずいた。

「私、きょう帰ったら、お父さまにお願いしてみるの。マリアがどこへ行くのか、どんな人に売られていくのか、何が何でも調べてほしいって」

国がこそこそとやることなど、簡単に教えるはずがない。無邪気なレナをうつろな目で見やり、サリーは何も言わずにドアを閉めた。レナは何か不気味なものを感じ取り、サリー先生、と呼びかけながらその手を取った。自分の頬に当てて、涙で濡らしながら、途切れ途切れに懸命に言った。

「私にはもうサリー先生しかいないの……みんなにとっても、サリー先生はかけがえのない先生なの……私たちを見捨てるようなことはなさらない、って約束してほしいの、先生……元気を出してくださらなければ、いや」

サリーは頬に当てられた手をゆっくり引っ込め、レナの美しいブロンドの巻き毛を撫でた。

それから小さな肩を抱いて、一緒に教室へ歩き出した。

「来週になったら、もう少し元気を出してみるわ。きょうは許してね、レナ。ひどい顔をしているでしょうけれど、頑張って授業をやってみるわ。……マリアが空から見ていると思いましょう」

教壇に立つことが、これほど苦痛だったことはない。しかし、よもやこれ以上に苦痛になる日が来ようとは、サリーは夢にも思わなかった。ポージは暗黙の非難を示し、ナシータはいじめる対象を失ってがっかりし、ネッティは〈それ見たことか〉とばかりに笑っていたが、サリーは誰の顔も目に入らなかった。主のいないマリアの席を見ないようにしながら、ひじを引き寄せて、たびたび外へ目をやっていた。

言田　みさこ（いいだ　みさこ）

1949年生まれ。神奈川県出身。女子大中退。著書『そよ風と風船』。

## 白夢の子　中巻

2020年8月29日　初版第1刷発行

著　者　言田みさこ
発行者　中田典昭
発行所　東京図書出版
発行発売　株式会社 リフレ出版
〒113-0021　東京都文京区本駒込 3-10-4
電話 (03)3823-9171　FAX 0120-41-8080
印　刷　株式会社 ブレイン



ISBN978-4-86641-342-6 C0093
Printed in Japan 2020